LA CARTELLA

N. 4.

LA MARCHESA COLOMBI

CAPO D'ANNO.

Dal trentuno dicembre al primo gennaio, non c'è che quel tempo inafferrabile, d'una brevità infinitesimale, che corre tra l'ultimo minuto secondo della dodicesima ora, al primo minuto secondo della prima; - il passaggio identico di ciascun giorno dell'anno al suo domani; un attimo, una pulsazione, nulla.

Eppure tutti consideriamo la fine dell'anno come un punto fermo, come la chiusura d'un periodo. Pare che tutte le cose intraprese debbano essere compiute a quell'epoca, e che pel primo dell'anno venturo s'abbia da ricominciare tutto daccapo.

La Chiesa inaugura il nuovo anno col Veni creator; i commercianti chiudono i conti, ed i privati (pur troppo!) ci mettono il saldo; si rinnovano i libri mastri; si licenziano o si confermano gl'impiegati; chiunque ha l'incarico d'una gestione qualsiasi presenta il resoconto.

I giornali perdono dei collaboratori e ne acquistano di nuovi; e proclamano che i nuovi sono genî e quelli perduti non valevano nulla, senza tener conto dei pomposi elogi con cui li avevano annunciati l'anno precedente; ed aprono nuove rubriche e nuovi abbonamenti fanno nuovi programmi e nuove promesse.

Si è arrivati a quella stazione di fermata: che si chiama il capo d'anno. Si riparte per un nuovo viaggio dove tutto è ignoto; ci si avvia alle speranze; ciascuno dice sospirando «chissà!» come se da quell'ieri a quell'indomani il mondo fosse interamente mutato, e le probabilità di bene o di male preparate nell'anno precedente non contassero più; come se le conseguenze del 1880 non avessero più nessun rapporto colle premesse del 1879; come se quell'atomo di tempo che sfugge ad ogni calcolo, dovesse spezzare tutti i vincoli tra le cause e gli effetti.

Mi ricordo quand'ero piccina, in temporibus illis, che trepidazione mi si metteva nel cuore quando s'avvicinavano le feste di Natale e capo d'anno!

Eravamo una serie di cugini che ci trovavamo tutti insieme il giovedì e la domenica. - Si faceva, naturalmente, un chiasso dell'altro mondo; e, per una decina di giovedì, ed una decina di domeniche prima delle feste, la zia Catterina che parlava a proverbi, quando si sentiva rompere il capo dai nostri gridi, ci gettava contro, come una minaccia, il suo proverbio di circostanza: - «Anno nuovo, vita nuova!»

Noi restavamo tutti colpiti, e ci guardavamo l'un l'altro cogli occhi sbarrati come per leggerci a vicenda nella mente l'idea di quella vita nuova misteriosa ed ignota. - «Cosa sarà?»

E noi pure avevamo da scrivere lettere e recitare complimenti con una serie d'auguri agli altri e di propositi nostri per l'anno che cominciava. Ed intanto, per incoraggiarci a quei propositi di lavoro, d'obbedienza, di virtù, c'erano i doni di capo d'anno che fioccavano da tutte le parti. - Mamma, babbo, nonni materni e paterni, zii, prozii, da lontano, da vicino, tutti i parenti, noti ed ignoti, risalendo fino a certe parentele ipotetiche e lontane che non ci riesciva di capire, tutti mandavano la strenna.

Erano processioni di bambole d'ogni dimensione, d'ogni condizione sociale, dalla gran dama che arriva tra le nevi di gennaio in abito scollato, scortata da un ricco mobiglio e da un abbondante

4

corredo, fino alla contadinetta di legno col vestitino corto di tela color di rosa incollato sulla persona, e senza il lusso d'una calzetta o d'una camicia.

Erano reggimenti di soldatini di piombo e di legno, ulani, croati, bersaglieri, chasseurs d'Afrique, horseguards, - tutte le armi e tutte le nazioni, e tutti fraternizzavano sui nostri tavolini da gioco, confondevano, scambiavano le bandiere, stringevano le alleanze più impreviste per impegnarsi in guerre mostruose, compievano atti d'eroismo da far impallidire i Fabi ed i Maccabei, poi ad un tratto, colti da un panico inesplicabile, s'abbandonavano alle fughe più vergognose da cui risultavano vittorie incredibili, paci stupefacenti.

Ricordo quando gli anni furono passati per le bambole e pei soldatini, quando noi altre fanciulle cominciammo a portare gli abiti lunghi ed i maschi andarono all'università. Allora pel capo d'anno c'erano tutti i presagi della nostra sorte futura. La sera prima, si metteva sulla finestra una tazza d'acqua; e la mattina si dovevano vedere sulla superficie di quell'acqua gelata gli emblemi dell'arte o del mestiere del futuro marito. Erano sempre un'infinità di lineette diritte e sottili che s'incrociavano in tutti i sensi; sembravano tanti aghi, ed avevano finito a persuaderci che per tutte noi non c'era altra speranza che di sposare un sarto.

Poi la mattina, appena alzata, ogni ragazza prendeva una pianella e la gettava in alto. Se andava a cadere colla punta verso l'uscio, era certo che la signorina sarebbe uscita da casa nell'annata per andare a marito; altrimenti c'era un altro anno da aspettare, un'altra pianella da buttare in aria, e chissà poi quanti anni e quante pianelle!

E nell'uscire di casa bisognava prestare una grande attenzione alla prima persona che s'incontrava. - Se era un prete si moriva entro l'anno; se era un giovinotto si pigliava marito; se era una fanciulla s'invecchiava zitella; se era un soldato guai in famiglia; se era una vecchia, triste annata in ogni senso.

Ne avevamo da raccontare per tutta la giornata di capo d'anno. - E poi si narravano i doni avuti; erano doni più seri che quando eravamo bambini, ma c'erano sempre. Ogni parente portava il suo: qualche vezzo, qualche ornamento per le nostre camerette, e sopratutto libri; - abbondavano i libri I Promessi sposi legati in rosso, volta a volta li abbiamo avuti tutti; poi L'Angela Maria del Carcano, poi la Corinne della Staël; e così via via, man mano che crescevamo, si passava dalla Bibliothèque Rose della Ségur, che ci aveva inspirati i primi entusiasmi, fino a libri meno rosei che ci facevano pensare e piangere.

Crescemmo tutti col culto delle strenne; e quando passammo dallo stato sereno e spensierato di figli di famiglia, a quella più grave assai di capi di casa, di nonni, di bisnonni, di antenati addirittura, non fu più la parte piacevole di ricevere i doni che ci dette da pensare, ma quella più difficile di farli. Tanto più difficile poi, per chi deve cavarli dai magri frutti della sua penna. - «I versi non danno pane» - dice il vecchio proverbio latino. Ed io conosco uno stornello inedito d'un poeta moderno che inaugurava un tappeto nel suo salotto, e mi ricordo che comincia così:

«Fior di tappeti!

È un fiore ignoto al mondo dei poeti.»...

Figurarsi poi la superfluità delle Strenne! Io ci penso tutta l'annata. Ed appena passata la burrasca d'un capo d'anno, mi preparo una cartella nuova, dove raccolgo man mano i miei lavori brevi per farne un volume al capo d'anno seguente. - Quella cartella è il mio salvadanaio; è la strenna de' miei nipoti e pronipoti; è, per me, la gioia dei loro desideri appagati, dei loro baci, dei loro sorrisi; del tripudio dei bambini, delle soddisfazioni vanerelle delle giovinette, dei loro spassi, delle loro letture. - È per loro una promessa lungamente aspettata, il realizzarsi d'una speranza, una prova del mio affetto. - È per tutti un giorno di allegria, d'espansione; una festa in famiglia.

E che ansietà negli ultimi mesi dell'anno! Grandi e piccini tutti sappiamo che i doni del capo d'anno sono là in quella cartella, in quegli scartafacci della bisnonna. - Ma quelle carte non sono biglietti di banca e debbono diventare biglietti di banca; e, perchè subiscano questa metamorfosi occorre un editore.

E se l'editore non capitasse?

È una minaccia che ci impensierisce tutti, e me più di tutti.

Da qualche anno si va adottando nelle famiglie un'usanza che si chiama I desideri. Quando s'avvicinano le feste, - Natale e Capo d'anno, - ogni individuo della famiglia scrive sopra un foglietto i suoi desideri. Grandi e piccoli, modesti ed arditi, li enumera tutti; non si sa mai cosa possa accadere! La borsa dei vecchi parenti è inesauribile come il loro affetto; e la provvidenza divina è infinita.

E quei foglietti si abbandonano sopra un mobile, sul marmo del caminetto, sul tappeto, in un paniere da lavoro... Si lasciano andare dispersi per la casa. E chi deve fare un dono li trova, e, nella misura de' suoi mezzi può fare una scelta, colla certezza di offrire una cosa desiderata.

Si figurano, signori lettori, la nevicata di foglietti che vagola intorno ad una vecchia bisnonna?

- Un cappello Rubens. (Sessanta lire!)

- Un abito di Casimira guarnito di lontra. (Trecento lire!)

- La Divina commedia e l'Orlando Furiosoillustrati dal Dorè. (Cinquecento lire!)

I prezzi sono io che li aggiungo colla rapidità del pensiero: la gioventù non discende alla prosa del calcolo; desidera, ambisce, spera, intollerante delle limitazioni finanziarie che inceppano la fantasia.

Fra i desideri d'una bimba di quattro anni c'era: «Una carrozzella con un asino vivo da far correre in salotto.»

La sua sorellina, non meno audace, desiderava: «Una bambola che parli, ma non di quelle che dicono sempre le stesse cose.»

Un bambino aveva messo in nota: «Un cannone che spari per davvero.»

Codesti desideri, si sa, non si appagano; ma bisogna pure appagarne qualcuno. Avevo già trovato una dozzina di foglietti, ed il novembre cominciava appena. - Mi si rizzavano in testa... le gale della cuffia, quando guardavo la mia cartella, e pensavo:

- E se l'editore non capitasse!

Le cartelle passate hanno trovato tutte il loro editore. - Cartella N. 1. Dopo il caffè. - Cartella N. 2 Serate d'inverno. - Cartella N. 3 Racconti di Natale.

Hanno dato tutte il loro frutto, e furono convertite in doni di ceppo e strenne, e sono andate.

E la Cartella N. 4? L'annata è stata cattiva; il denaro è scarso; gli scrittori vengono su da ogni parte come i funghi, alcuni pochi grandi e succosi, la maggioranza piccioletti, mingherlini, bistorti, stentatelli; alcuni velenosi. Ma tutti nascono colla passione della caccia... all'editore.

E gli editori invece diminuiscono come se ci fosse entrata la filossera. -

Io pensavo tutto codesto, e ripetevo con un brivido:

- E se l'editore non capitasse?

E mi figuravo i visi imbronciati delle mie nipotine capricciose; la delusione melanconica delle più buone; lo stupore dei bambini, il loro risentimento dinanzi alle scarpette rimaste tutta la notte al freddo sul balcone e trovate il mattino vuote e raggrinzate dal gelo. - Mi figuravo la casa triste, senza i gridi di sorpresa e di gioia, senza l'enfasi dei ringraziamenti, senza l'ansia del raccontare, senza l'entusiasmo romoroso assordante pei balocchi nuovi, senza l'animazione, l'orgasmo, la vita che anima le feste solenni.

Oh, se l'editore non fosse capitato!

Ma, per fortuna, l'editore non mi manca mai. È il dono di ceppo dell'ava; forse la provvidenza lo concede alle preghiere dei bambini.

Venne il signor Gargano di Cesena e mi domandò La Cartella N. 4. - Ed anche questi scartafacci si poterono convertire in biglietti di banca, ed anche quest'anno non mancheranno i doni di ceppo e le strenne.

Per tutti i cavallini e le carrozzelle e le armate internazionali di legno e di piombo che faranno impazzare di gioia i miei bimbi, per tutte le bambole e le casine e le cucinette ed i corredini, che inspireranno alle bambine le prime idee casalinghe e materne, pei vezzi, pegli abiti, pei buoni libri che faranno sorridere o palpitare le giovinette, io auguro al mio nuovo editore che questo libro gli porti fortuna. Che parenti ed amici glielo comprino per offrirlo in dono ai giovani delle loro famiglie, e che lui pure, come noi trovi i suoi doni di capo d'anno, nella Cartella N. 4.

LA MARCHESA COLOMBI.

CHI LASCIA LA VIA VECCHIA

PER LA NOVA....

Un giorno ricevetti una lettera d'una giovinettina, la quale, trovandosi a far parte d'una famiglia numerosa e ristretta di mezzi, aveva concepita l'idea di studiare da telegrafista.

Conoscevo la posizione di quella ragazza, ed avevo sempre preveduto che dovrebbe aprirsi una via di guadagno. - Recitava benino, ed un momento s'era anche parlato di farne un'artista drammatica; ma poi s'erano enumerati ad uno ad uno i pericoli, gli inconvenienti di quella carriera, e s'era respinto quel progetto.

All'udire che voleva farsi telegrafista, provai uno sgomento, una ripugnanza, maggiore assai di quella che mi aveva inspirato il teatro. L'altezza dell'ambiente morale in cui deve svolgersi un dramma per essere ben accolto dal pubblico, quell'esposizione continua di caratteri nobili, di azioni generose, e dietro ogni colpa la punizione ed il rimorso, deve necessariamente esercitare un'azione salutare sull'animo degli artisti; ed ho udito dire parecchie volte che gli artisti drammatici sono per lo più gente onesta, generosa, di sentimenti gentili. - Questo, senza avermi riconciliata colla proposta di mettere quella fanciulla sulle scene, era stato un pro, che avevo trovato da opporre ai molti contro. Poi c'era anche l'idea dell'arte, della possibile gloria avvenire... che so io?

Ma, per la telegrafista, l'avvenire doveva essere necessariamente oscuro come il presente; - e si trattava di vedere una ragazzina andare all'ufficio come un giovinotto, bazzicare cogli impiegati, senza sorveglianza, per riescire a che cosa poi? Ad essere tutta la vita un umile impiegato.

- Gli uomini che prendono quella carriera non hanno speranze maggiori, - si diceva, - e tuttavia se n'accontentano.

E questo è vero. Ma gli uomini non arrischiano tanto quanto una ragazza. - Ero malcontenta, diffidente.

In quell'incertezza pensai di scrivere ad una buona signora che era stata più d'un anno telegrafista prima di maritarsi, e di domandare consiglio a lei.

Mi rispose un biglietto breve, mandandomi un grosso manoscritto. Nel biglietto mi diceva:

«Il miglior consiglio che io possa darle per la sua giovine protetta, è di raccontarle la mia storia. Gliela faccia leggere, se ha coraggio. È meglio ancora scoprirle il pericolo, che lasciarvela cadere ad occhi chiusi. - Sono certa che lei stessa, quando sarà in fine del mio manoscritto, non permetterà a quella bimba di domandare l'impiego a cui aspira, se non quando sarà più matura. Per una zitellona o per una vedova, è una occupazione come un'altra. Ma per una giovinetta, creda a me, non è affare.

«È un sacrificio ed un'umiliazione che m'impongo confidandole la mia storia; forse potrà anche sembrarle una sconvenienza. - Ma è la sconvenienza di chi si denuda per gettarsi in mare a salvare un naufrago. - Me ne tenga conto, e se dovrà servirsi del mio esempio per ammonire altre giovinette, pubblichi pure la mia storia; ma prima cambi i nomi di persone e di paesi. Sono madre di famiglia, e non vorrei essere riconosciuta.»

Ho cambiato i nomi, ed ecco il manoscritto come l'ho ricevuto.

I.

Una fanciulla dev'essere pura come un lembo di cielo, come un giglio, come una colomba, come tante cose rettoriche, della cui purezza non so chi risponda, - specialmente per la colomba.

Quando parte pel viaggio di nozze in un coupé di prima classe, non deve saper altro dell'amore, che quanto ne ha imparato alla scuola elementare: nome comune, astratto, genere maschile, numero singolare.

Le belle signore, che leggeranno forse queste memorie alla lampada del loro salottino ben caldo, - mentre Marietta prepara la loro abbigliatura pel teatro, e Giovanni striglia i cavalli che debbono trascinarle nella carozza imbottita di raso, - si mettano una mano alla coscienza e mi dicano:

- Quando si sono maritate non ne sapevano più di così? Proprio no?

Ebbene, credano a me; non se ne insuperbiscano. Si ricordano che trincieramenti di babbi, di mamme, di zii, di prozii, di istitutrici, avevano intorno quando andavano fuori? E nessuna lettera giungeva mai fino a loro senza essere passata sotto gli occhi dei parenti. E di visite da sole non ne ricevevano. Ed alle feste ballavano soltanto con giovani, del cui procedere un comune conoscente si fosse in certo modo reso garante colla presentazione.

Avrebbe dovuto essere ben poco gentiluomo, chi in simili circostanze avesse osato dire una parola.... fuor di tempo. - E per acquistare, in fatto d'amore, delle cognizioni oltre quelle fornite dalla grammatica, una signorina avrebbe dovuto metterci della buona, - o piuttosto della cattiva volontà.

Ho premesso tutto codesto per arrestare nelle mani delle signore senza peccato la pietra, che mi avrebbero forse gettata fin dalle prime pagine del mio racconto.

II.

La mia mamma abitava Livorno Torinese. Era vedova con quattro figlioli, ed io era la maggiore. Si viveva tutti del frutto d'un poderino minuscolo; era un magro vivere, ma si viveva.

Io avevo frequentato le scuole comunali, poi avevo continuato a studiare coll'aiuto della maestra, nell'idea di ottenere anch'io il diploma di classe inferiore. Quella maestra era istrutta, aveva molti anni di pratica, ed aspirava ad un posto migliore; ed io aspiravo a prendere il suo, quando le lo avesse lasciato. Trecento lire e l'alloggio, aggiunto ai frutti del nostro palmo di terra, per noi che avevamo pochi bisogni ed abitudini modeste, sarebbero stati una fortuna.

Ci si pensava sempre. Si facevano progetti su progetti:

- Trasportarci tutti nella casa magistrale; - erano tre camere, ma bastavano: non ne avevamo mai avute di più. - Vivere come s'era vissuto fin allora, soltanto con qualche privazione di meno; perchè, già, c'erano giorni in cui non si metteva la pentola al fuoco; e, se ci fosse venuto quell'aumento di rendita, codesto non sarebbe più accaduto. Esser sempre ben coperti l'inverno, e far fare a tutti i ragazzi le quattro elementari prima di mandarli ad un mestiere....

9

Io mi sentivo superba e contenta d'essere il perno su cui s'appoggiavano questi disegni facili a realizzarsi, e che ci avrebbero permesso di vivere tutti uniti, i figlioli sotto gli occhi della mamma, fintanto che fossi stata più matura. Poi avrei potuto sperare un posto onorevole, da istitutrice in una buona famiglia, o da direttrice in un collegio...

Un giorno venne fuori a trovarci una zia che avevamo a Torino, e mi parlò di certi impieghi al telegrafo che si davano alle donne.

Si guadagnava di più che a far la maestra, c'erano speranze di aumento, si poteva capitare a vivere in città.... Via; era una carriera aperta come per gli uomini; e punto faticosa....

Quella prospettiva mi parve splendida. Stare in una città; andare allo studio come un giovinotto; avere la mia casa, e molte ore di libertà; ed essere indipendente.

La mia testa cominciò a fantasticare su quel tema. Il progetto di fare la maestra nel mio piccolo paese a tutti quei contadinetti che conoscevo e che mi conoscevano, mi parve meschino. Una maestra cosa poteva aspettare dall'avvenire. Mentre una telegrafista, era un impiegato governativo.

Non so proprio cosa ci vedessi di bello; ma è certo che la stessa eccentricità della cosa lusingava la mia immaginazione. Quando ne parlavo in paese e vedevo le meraviglie che suscitava quel discorso, provavo un gran desiderio, una vera ambizione di raggiungere quella posizione meravigliosa. E mi compiacevo a figurarmi di ritorno in paese per qualche breve vacanza, vestita da cittadina, col titolo di telegrafista, anzi d'ufficiale telegrafico, discorrendo d'orari, di capi d'ufficio, d'avanzamenti, di traslochi; dicendo noi per nominare tutta la rete telegrafica dello Stato, tutti gli impiegati, gli uffici, le macchine, i pali e me stessa. Cos'era l'impiego decoroso di direttrice al confronto di codesto? Di direttrici ce n'erano molte, ce n'erano state sempre. Di telegrafiste non ne avevo vedute mai, e mi pareva che quelle donne impiegati dovessero essere qualche cosa di affatto differente dalle altre.

Avrei sempre portato denaro alla mamma; con uno stipendio che col tempo avrebbe potuto salire fino a cento lire al mese...! Figurarsi! Noi, in cinque che eravamo, non avevamo mai spese, e neppure vedute cento lire al mese.

Fu la stessa zia di Torino che mi fece andare a casa sua, e mi tenne con sè parecchi mesi, benchè fosse povera, per mandarmi alla scuola di telegrafia, ed avviarmi a quella nuova carriera aperta alle donne, che dev'essere la gloria, il trionfo dell'onorevole Salvatore Morelli; l'alloro che gli farà da primo guanciale per riposarsi delle sue fatiche parlamentari. Il secondo guanciale glielo farà il divorzio.

Lascio stare il tempo di studio, poi il primo impiego da giornaliera. Ero chiamata quando il lavoro era eccessivo, ed in quei casi avevo due lire al giorno. Se non c'era lavoro di troppo, non ero chiamata, e non avevo nulla. Ma non importa. Vivevo colla zia. A lei una tazza d'acqua di più nella pentola per aumentare d'una porzione la minestra, e quel poco di più ch'io potevo mangiare costava poco, e lo dava volentieri.

Non voleva neppure i miei piccoli guadagni che servivano a vestirmi. Non mi rimase mai nulla da mandare alla mamma. Ma era naturale. Ero in principio di carriera. Una volta che avessi avuto un impiego fisso, con un buono stipendio - allora sì che avrei potuto aiutare la mia famiglia.

Finalmente, dopo un lungo tirocinio, e tante suppliche, ricorsi, palpiti da pigliarne una malattia di cuore, lo ottenni quel sospirato impiego; e nientemeno che negli uffici telegrafici di Milano, con uno stipendio di ottocento lire all'anno.

A noi parve di veder giungere in casa Giove trasformato in pioggia d'oro con quella notizia. Dico a noi così per dire; ma la zia, poveretta, ed i suoi bambini non sapevano nulla di Giove e delle sue metamorfosi. E quanto alla mamma, lei non si rallegrava di quell'avanzamento.

Aveva le idee piccine. Le pareva che sarebbe stato meglio guadagnare soltanto trecento lire e stare in paese, e vivere tutti uniti aspettando il meglio per quando fossi stata matura, che andare in giro, una figliola di diciotto anni, sola per il mondo, a far l'impiegato.

- Dà retta, - mi diceva. - Codeste cose sono buone per le signorine venute al meno, che hanno la famiglia in città. - Andranno all'ufficio come tu dici; ma accompagnate dalla mamma o dal babbo; e, fuori di là, saranno ancora coi loro parenti. Per quelle lo capisco; è un lavoro come un altro. E poi ancora, se dentro gli uffici debbono stare cogli impiegati, non ce le dovrebbero mettere prima de' venticinque o trent'anni.

Lei non lo sapeva che uomini e donne sono eguali davanti al progresso, e che l'emancipazione non ammette giovinette inesperte.

La lasciai accorata, povera donna, e venni sola a Milano. Nè lei nè la zia potevano fare la spesa del viaggio per accompagnarmi, e tutte e due avevano bambini da custodire.

Appena giunta mi presentai al capo d'ufficio, e lo pregai di dirigermi un poco nella mia installazione.

- Non ha altre risorse che il suo impiego? - mi domandò.

- Altre risorse! Ma il mio impiego mi frutta ottocento lire, - risposi sbalordita. - Sessantasei lire e sessantasei centesimi al mese con una frazione continua....

- Trovare una pensione a questo prezzo è difficile, - borbottò quel signore.

Io cascavo dalle nuvole. Dovevo spendere sessantasei lire e sessantasei centesimi soltanto nella pensione? E vestirmi? e mandare qualche cosa alla mamma! - Ma che! Quel signore, aveva idee troppo grandiose. Noi in casa con poco più d'una lira al giorno si viveva tutti.

Il capo d'ufficio ebbe forse pietà della mia inesperienza. Si occupò del mio magro affare, e gli riesci di collocarmi in una pensione dove mi davano alloggio e vitto per cinquantacinque lire.

A me pareva una spesa enorme. Ma più tardi mi accorsi che per vivere in città era pochissimo.

Alla fine del mese, appena ebbi riscosso il mio denaro, m'affrettai a pagare la padrona di pensione ed a fare un vaglia delle altre undici lire per la mamma. Coi sessantasei centesimi che avevo serbato per me, pagai il vaglia postale ed il francobollo, e rimasi a secco.

Quando uscivo la mattina per andare all'ufficio le botteghe erano chiuse, le strade quasi deserte; qualche lattivendolo, qualche panattiere col cesto in capo come il gran panattiere di Faraone, era tutta la gente che incontravo. Al ritorno gli altri impiegati salivano nell'omnibus. Io facevo la strada sola, a piedi, nel fango, pensando quali vantaggi mi procurava mai quell'impiego, che era sembrato a me ed a' miei un colpo di fortuna.

La mamma scriveva che della mia lontananza risentiva soltanto il danno. Quanto al mio mantenimento risparmiato non se ne accorgeva neppure. - E dire che a me quel mantenimento costava cinquantacinque lire! Cosa vuol dire separarsi!

Ed intanto si lagnava che non m'aveva più accanto, che non l'aiutavo più a custodire i bimbi ed a fare la massaia.

Le undici lire le aveva ricevute, ma mi raccomandava di non mandargliele più, povera donna, e di serbarle per rinnovare gli stivalini e gli abiti.

Sulle prime, la novità di trovarmi in una città grande, d'andare e venire sola, di sedere a tavola in una pensione con molta gente, di raccontare la mia posizione eccezionale, e di ripetere ancora ed ancora alla padrona di pensione, ed alla serva stupefatta, ed ai compagni di tavola, che ero impiegata come un uomo, e che guadagnavo come un uomo, mi mantenne in uno stato d'esaltazione, e mi sentii felice.

Ma alla fine del secondo mese, quando la padrona di casa mi presentò il conto della lavandaia, quello della stiratrice, più due lire pel lume che non era compreso nella pensione, in tutto nove lire che dovevo sborsare pigliandole sulla mesata ventura, cominciai a sgomentarmi.

Intanto era finito l'ottobre, ed il novembre cominciava con un freddo invernale. La sera gelavo nella mia stanza. Qualche volta mi lasciai andare al lusso di accendere il camino mentre stavo alzata a dare qualche punto alle biancherie, ed a ravviare gli abiti. Ma la spesa della legna era superiore a' miei mezzi. Quel mese, tolta la pensione e quelle nove lire di conti pagati, m'erano rimaste due lire per le spese straordinarie. Nella nostra povera casa non m'ero mai trovata in quegli impicci.

Giorno e notte pensavo al modo di diminuire quelle spese. Rinunciai a ber vino per farmi ribassare di qualche lira il prezzo della pensione; ma tant'è tanto, se mi riesciva di pagare la lavandaia, la stiratrice ed il lume, per la legna non mi rimaneva nulla. E quel ribasso di prezzo aveva anche ribassata l'opinione che la padrona di casa aveva di me. Mi trattava con disprezzo.

Era una vita arida e noiosa. Casa e studio, studio e casa, coi piedi umidi, le membra assiderate, il pensiero occupato da calcoli minuti ed uggiosi, nessun'affezione per consolarmi, nessuna distrazione. - Ed i miei abiti si sciupavano, le mie scarpe si logoravano.

Eppure guadagnavo ottocento lire all'anno. Avevo raggiunto il mio sogno di grandezza, il mio ideale. Dio! che delusione!

Ero anche bellina. Quando andavo, sola e male in arnese per le strade, c'era spesso chi mi diceva parolette dolci, chi si offriva d'accompagnarmi, ed anche con molta insistenza e senza troppo rispetto.

Allora mi venivano in mente i discorsi della mamma, e le sue paure. - Ma poi tornavo alle mie idee:

- Quando le donne hanno un'occupazione seria, e pensieri seri, non cadono in leggerezze. La loro vanità dipende appunto dalla vita oziosa e senza responsabilità a cui sono condannate, ecc. ecc.

A me i pensieri seri non mancavano. - Avevo niente meno che da risolvere il problema di andar vestita, bene o male, di calzarmi, e di non gelare, senza spender denaro.

Ma tuttavia avevo diciotto anni. - Due, tre, quattro uomini, dieci, mi sembrarono insolenti e brutali colle loro parole galanti. Poi ne venne uno che non mi sembrò insolente nè brutale. - Era giovane, serio; per un pezzo mi seguì senza dirmi nulla, mi guardava soltanto; ed io la notte, nella mia stanza solitaria e fredda, rivedevo quello sguardo che la riempiva di calore e di luce.

Poi un giorno, entrando a pranzo dalla padrona di casa lo vidi là, alla tavola della pensione. - Aveva veduto dove abitavo, ed era venuto; s'era anche collocato accanto a me. Non mi aveva parlato brutalmente in istrada. Aveva presa una via lunga, mi si presentava come si usa tra gente ammodo. - Gliene tenni conto; forse troppo.

Mi sentivo autorizzata a discorrere con lui come cogli altri della pensione; e ne profittai - Mi gettai a capo fitto in quella prima gioia; il mio cuore, giovane e caldo, sussultava alle sue parole. - M'innamorai pazzamente, sinceramente.

Oh, se m'avesse veduto la mia mamma, uscire, di sera, con quel giovane, rientrar tardi, agitata, impaurita, coll'anima combattuta tra la passione ed il rimorso.

Come avrebbe, ripetuto, povera donna, che gli impieghi di quella sorta si dovrebbero dare soltanto alle ragazze che hanno la famiglia in città, che vanno all'ufficio accompagnate dalla mamma, e che per giunta non sono più giovani. E che sarebbe stato meglio accontentarmi del posticino di maestra in paese a trecento lire, e vivere tutti uniti!

Ma la mamma era lontana: io era sola, innamorata, e senz'altro conforto al mondo che quell'amore.

Non serve dir altro. È la storia di molte ragazze indipendenti, e disgraziate.

Speravo che mi sposasse; il matrimonio rimedia a tutto. - Ma un bel giorno mi scrisse che affari di famiglia lo chiamavano in provincia presso i suoi parenti. Non sapeva quando tornerebbe. Suo padre era rigorosissimo. Non osava dirmi di scrivergli perchè in casa sua, se si fosse scoperta la nostra relazione, guai! Mi amava sempre; gli doleva di lasciarmi; ma contro l'impossibile non si può andare.... ecc., ecc. Di matrimonio neppure una parola, neppure una speranza lontana. - M'abbandonava.

Rimasi come fulminata. - Non me l'aspettavo, avevo riposta in lui tutta la fiducia de' miei diciott'anni. Ero colpevole per lui; era lui che doveva redimermi. Questo mi sembrava giusto, e credevo che quanto era giusto si dovesse fare. Fu un balzo doloroso. Dal colmo della fede, alla delusione assoluta, senza speranza.

Mi trovai sola in faccia alla mia vita di lavoro inglorioso, con tre compagni tristi: l'isolamento, la miseria, la vergogna.

Malgrado tutto, mi durò un pezzo in cuore l'amore, e passai le lunghe notti in veglie e rimpianti; perchè la passione non ragiona.

Ma anch'essa deve pur nutrirsi di qualche cosa. - Ed io non avevo nulla. Non ricevevo notizie nè dirette, nè indirette; non lo vedevo più; non sapevo neppure dove fosse. A poco a poco le preoccupazioni aride del pane quotidiano, i bisogni materiali ed imperiosi della vita, soffocarono la passione, mi assorbirono tutta.

Ero triste, uggita. Non avevo a chi confidarmi. Avrei voluto ad ogni costo uscire da quelle angustie; ma non osavo scrivere alla mamma che la mia ambizione era stata illusoria, che tutte le mie belle speranze m'avevano condotta a quegli estremi. Il posto di maestra era occupato; e poi io avevo lasciato andare gli studi per buttarmi al telegrafo, e non avevo diploma. - Avrei dovuto tornare in famiglia senza guadagnar nulla. - Mi vergognavo. Preferivo soffrire, vivere di ripieghi, fare qualche debituccio, ma lasciar ignorare alla mamma i miei guai, e salvare le apparenze.

Tirai avanti così quasi un anno. - Ero scoraggiata, delusa; non avevo più nè fede nè amori; ero stanca; mi pareva d'essere vecchia.

III

Era la fine d'ottobre. Tornava a venire l'inverno tanto difficile per me.

Ero infreddata; da alcuni giorni una febbricciatola importuna mi rendeva gravoso il lavoro, e pensavo con terrore che potrei ammalarmi, esser costretta a stare in casa, a letto, ed a chiamare il medico, a comperar medicine.... Come fare?

Era finito da poco il pranzo. Io m'ero accostata alla finestra, e stavo là colla fronte contro il cristallo e l'occhio fisso nell'aria buia, pensando vagamente che tornando nella mia stanza avrei freddo.

- Ha la febbre, signorina? - disse qualcuno accostandosi alla finestra dall'altro lato. Era l'anziano della pensione. Un uomo sui quarant'anni; un signore che veniva là a pranzo perchè non aveva famiglia e s'annoiava a pranzar solo; era buono, cortese, generoso; godeva la simpatia di tutti.

- Sì, - risposi, - ho la febbre. Ma è un'infreddatura; passerà presto.

- Però dovrebbe aversi riguardo; non esporsi all'umido.

- Oh, non sono tanto delicata.

- È giovane e forte; ma non bisogna abusarne. Domani dovrebbe stare in casa.

- Sa pure che non posso.

- Perchè non può? Per un giorno d'assenza ed anche più, quand'è per malattia, non si perde l'impiego.

Io non risposi. Pensavo che avrei voluto perdere l'impiego, perchè quella desolazione completa m'avrebbe dato il coraggio di vincere tutti i riguardi, tutte le soggezioni e di tornare nella mia famiglia. - Egli ripigliò:

- E poi, se anche lo perdesse l'impiego....

In quel momento credetti che avesse indovinato il mio pensiero e dissi:

- Sarebbe forse meglio.

- Anch'io credo che sarebbe meglio, - riprese. Poi domandò:

- Cosa farebbe se perdesse l'impiego?

Io stavo appunto figurandomi il mio ritorno al paese in quello stato, i commenti degli altri, la mia umiliazione. A quell'idea il coraggio mi mancava, l'amor proprio mi dava la forza d'esitare ancora; e risposi:

- Non so quel che farei. Non so.

- Sa cosa dovrebbe fare, Maria? - susurrò con dolcezza il mio commensale.

- Che cosa, signor Marco?

- Dovrebbe rinunciare all'ambizione di bastare a sè stessa; dovrebbe accettare l'appoggio che le offre un uomo di cuore, un amico che le vuol bene....

Parlava sommesso, e gli oscillava la voce, e nel dire che mi voleva bene cercò di prendermi la mano. Io ero così delusa, così avvilita, che avevo paura di tutto; vedevo soltanto insulti e vergogne; ritirai la mano con dispetto e lo respinsi per andare nella mia camera. Ma egli mi trattenne e riprese:

- Non mi giudichi male, Maria; non intendo farle torto. Sa pure che nessuno la rispetta più di me, poverina. La proposta che le faccio può dispiacerle forse, ma non può offenderla. - Sono vecchio per uno sposo, e lei è molto giovane per me; ma le voglio bene, mi creda; proprio di cuore, e se mi vuole.... non so come dire.... non sono un erce da romanzo; ma sarò un buon marito, e credo che non si troverebbe male in casa mia; sarebbe signora e padrona, di me, della casa, di tutto.

Diceva codesto a frasi staccate: ma io non cercavo più di interromperlo; non fuggivo più. La riconoscenza m'aveva gonfiato il cuore. Ero scoppiata in pianto.

Dopo tanta amarezza, tanto sconforto quelle parole buone, quell'affetto generoso e vero mi commovevano profondamente. Era la vita che rientrava nella mia anima sfiduciata. Avrei voluto gettarmi ai piedi di quell'uomo, avrei voluto baciargli le mani, e dirgli che lo ringraziavo, che lo benedivo perchè mi toglieva dall'abbattimento in cui ero caduta, perchè m'aiutava a risorgere: che il mio cuore gli era guadagnato per sempre; che avrei consacrata tutta la vita a lui con entusiasmo, per compensarlo del bene che mi faceva in quel momento.

Ma non feci nulla, non dissi nulla. Continuai a piangere come una disperata, come una Maddalena. Oh! pur troppo ero una Maddalena.

Però quello sfogo muto di pianto gli disse quanto avrebbero detto le mie parole. Capì che era accettato, che era amato, che era benedetto. Non domandò altro. Mi carezzò le spalle con dolcezza come si fa a' bimbi che piangono, e mi disse:

- Ora vada a riposarsi, Maria. Non pensi più ad andare all'ufficio. Domattina stia a letto, faccia passare la sua infreddatura, poi mi dirà lei quando vorrà ch'io scriva alla sua mamma, o che ci vada; farò tutto quello che vorrà. Intanto penso io a liberarla per sempre dal telegrafo.

Io gli presi le mani, le strinsi con riconoscenza profonda, con amore; ma non potei dir nulla.

Rientrai nella mia stanza consolata, con tutta la fede de' miei diciott'anni rinata, e con essa tutte le speranze e tutti i sorrisi della vita, e con un nobile affetto nel cuore.

Che cambiamento! Che gioia! Non ebbi bisogno di stare a letto; la febbre dell'infreddatura fu assorbita dalla febbre d'entusiasmo che mi agitava tutta. L'indomani ero florida e felice.

Marco era un nobile cuore. Il suo amore da uomo maturo, un amore profondo senza tempeste, mi riposava delle tempeste passate. Mi sentivo così tranquilla, così rassicurata, dacchè m'appoggiavo a lui, che rinunciavo a pensare, a volere. Egli pensava e voleva per me. Era padre, amico, sposo ad un tempo.

Un solo cruccio avvelenava la mia pace; il pensiero del passato; di quell'altro amore, di quella colpa che Marco ignorava. Tutto quanto c'era in me di dignità, di gratitudine, d'ammirazione per lui si rivoltava all'idea d'ingannarlo. Era un abuso di fiducia, una viltà. E d'altra parte l'amavo; non solo per gratitudine; l'amavo come un giovane, come un amante; come non avevo mai amato quell'altro. Sentivo che, se a quella rivelazione mi avesse abbandonata, non avrei potuto sopportarlo; ne sarei impazzita, ne sarei morta. Ed avevo paura di perderlo, e lottavo colla coscienza.

Ma l'amore che m'inspirava quell'uomo generoso era pure generoso e degno di lui. A misura che il giorno delle nozze si avvicinava, le mie esitazioni, le paure codarde svanivano, ed il sentimento del dovere s'imponeva alla mia coscienza. Tirai innanzi fino all'antevigilia del matrimonio. La mamma era venuta a Milano; avevamo prese due stanze arredate, e Marco veniva ogni sera come fanno gli sposi a trovarmi ed a far progetti.

Quella sera, dopo avergli stretta la mano, dopo averlo veduto uscire dall'uscio, dopo averlo guardato dalla finestra mentre s'allontanava, mi posi al tavolo pensando:

- Chissà! Forse non lo vedrò più.

Poi, malgrado il vuoto immenso che quel pensiero mi apriva dinanzi alla mente impaurita, malgrado l'angoscia che ne risentivo nel cuore, gli scrissi tutto, tutto. Non mi risparmiai, gli confessai che avevo ancora molte lettere dell'altro.

«Se hai la forza, la clemenza,.... o la debolezza di perdonarmi, - conclusi, - vieni più presto questa sera. La mamma ha invitato qualcuno perchè è la vigilia delle nostre nozze. Vieni prima degli altri. Saremo soli; brucieremo quelle reliquie del mio disgraziato passato, e tutto l'avvenire sarà tuo. Se non ti vedrò venire di buon'ora a domandarmi quelle lettere, vorrà dire che non puoi perdonarmi, che non ti vedrò più. Sia quel che Dio vuole di me; l'ho meritato.»

Fu un giorno d'agonia quella vigilia di nozze. Ogni volta che l'uscio s'apriva sussultavo: - È lui. - No, non era lui. - Forse non verrà. - Infatti, perchè dovrebbe venire? Certe colpe un uomo non le perdona. - Poi s'udiva ancora un passo. - Sì, eccolo. È qui. È tanto generoso. - Ma ancora non era lui.

Finalmente comparve il primo invitato. Erano le otto di sera. L'ora in cui Marco veniva sempre; e non era giunto ancora; non mi aveva perdonato. Non lo vedrei più.

Io non so come mi reggessi in piedi in quel momento. È certo che non parlavo; non l'avrei potuto. Mi chiamavano sposa, mi facevano auguri, mi portavano doni. Io non guardavo nulla, non rispondevo a nessuno. Sentivo che intorno a me si ripeteva:

- È la commozione. È naturale. Deve lasciare i suoi, cambiare stato....

Ed io non lasciavo più i miei, non cambiavo più stato, non avevo più sposo.

Se ne avessi avuta la forza, lo avrei gridato a tutti. Non era il meschino amor proprio di non suscitar commenti che mi facesse tacere; era l'angoscia immensa che mi ammutoliva.

Ad un tratto udii entrare qualcuno; e tutti dissero:

- Eccolo; è qui; finalmente!

Non poteva esser lui. Non alzai gli occhi continuai a piangere, finchè una voce, una musica, un suono di cielo, mi disse:

- Che cos'hai, Maria? Perchè piangi?

- Oh Dio! Perchè? - esclamai singhiozzando. - Perchè non sei venuto prima!

- Mia cara, - riprese colla sua calma abituale, - è una grande sera questa. Ho avuto parecchie cosuccia da sbrigare. Domattina si parte presto; dovevo dar ordine a tutto....

Il suo sguardo era sereno e pieno d'amore, la sua voce era tranquilla. Pareva che non sapesse nulla; era l'uomo del giorno prima. Io gli dissi:

- Temevo che tu non venissi più.

Si mise a ridere e mi carezzò i capelli, dicendo:

- Bambina! Perchè non avrei dovuto venire?

Assolutamente non sapeva nulla. Per istinto in quel momento ne fui consolata.

- Meglio così, pensai. Forse non mi avrebbe perdonata.

Avevo consegnato quella lettera ad un fattorino di piazza, che non gliel'aveva portata.

Quella sera non fummo soli un momento. La mattina, quando venne a prendermi, ero vestita da sposa e circondata da parenti ed amici. S'andò subito al Municipio, poi in chiesa. Anche volendolo, non avrei potuto ritentare la mia confessione. Ma non volevo più. Avevo veduto troppo davvicino il pericolo di perderlo, la gioia immensa di ritrovarlo, per espormi un'altra volta a quel rischio.

Il mio dovere l'avevo fatto. Il caso, la Provvidenza forse, aveva impedito alla mia confessione leale di giungere fino a lui; io non ci avevo colpa. Venni a transazione colla coscienza, e lo sposai col mio segreto nel cuore.

IV.

Partimmo soli; andammo a Firenze, a Roma, a Napoli. Si passava di bellezza in bellezza; era una serie d'emozioni, di sorprese, di gioie insperate.

E la più cara era quella di sentirmi in una situazione legittima. Di pensare:

«Quest'uomo a cui mi appoggio è mio marito. Ho diritto di appoggiarmi a lui. Non dobbiamo nasconderci, possiamo darci il braccio in pieno giorno, darci del tu dinanzi a tutti.

Quando Marco incontrava qualche conoscente e mi presentava dicendo: «la mia signora» il mio cuore sussultava di piacere e d'orgoglio.

Avevo provato l'umiliazione di dover scantonare in fretta in fretta per non incontrare il signor Tale o la signora Talaltra, che conoscevano il giovane a cui davo il braccio. Avevo veduto i garzoni d'albergo sogghignare quando entravo con lui. Ora non sogghignavano più. S'inchinavano seri seri, e mi chiamano rispettosamente la signora.

Quell'altro, - Edmondo, - m'aveva detto parecchie volte che l'amore dev'essere libero per essere vero e bello. Che la poesia sta nelle passioni indipendenti, e la legalità è la prosa della vita. Rideva dei mariti; diceva che il matrimonio è la tomba dell'amore; chiamava il maritarsi fare una fine, o passare nel numero dei più; parlava sempre di dote a proposito di nozze; tutti i luoghi comuni rancidi, che da più d'un secolo tengono luogo di spirito a chi non ne ha.

Io allora avevo cercato di entrare nelle sue idee per riconciliarmi colla mia posizione. Ma ora vedevo, sentivo che tutti quelli erano paradossi. Pel mio carattere serio e giusto, la poesia stava nella legittimità; nel sentirmi d'accordo colle leggi della gente onesta.

Dopo il viaggio si tornò a Milano, e provai la gioia di essere padrona in una casa rispettabile, di occuparmi della mia casa e di mio marito, di far qualche cosa per lui; mi chiamava qualche volta la sua massaia, ed io ne andavo superba.

Ogni giorno, ogni ora, benedivo il caso provvido, che aveva fatto smarrire per via la lettera in cui gli avevo scritta la mia confessione. Più conoscevo Marco, e più raccapricciavo all'idea che avrei potuto con quella rivelazione allontanarlo da me per sempre.

La sua tenerezza dolce, profonda, protettrice, non si smentiva mai. Il suo carattere era sempre sereno; il suo cuore pieno di bontà, di giustizia; e, co' suoi quarant'anni, aveva più poesia, più entusiasmo che non avessi trovato mai in nessun giovinotto.

Non diceva mai una parola scortese; correggeva con indulgenza, approvava con gratitudine. Era un'anima generosa, elevata e buona, ed ero orgogliosa d'appartenergli; l'adoravo.

Passò più d'un anno, rapido come un sogno di gioia; la poesia scritta, gli idilli dell'immaginazione non hanno nulla che agguagli l'incanto di quella pace d'amore.

Pareva che il cielo si compiacesse a versare su noi a piene mani tutte le sue benedizioni. Eravamo ricchi, innamorati, ed avevamo la certezza che fra pochi mesi un bambino, un figlio nostro, il caro vincolo di due braccini fragili e rosati, verrebbe a legarci più strettamente ancora l'uno all'altra.

Quando consideravo l'alta bontà di Marco, pensavo che Dio era giusto: ma rivolgendo l'occhio su me, sul mio passato, avevo paura. - Con che diritto io, che avevo una colpa sulla coscienza, mi associavo alla felicità di quell'uomo leale? E se invece avessi associato lui, - lui nobile, onesto, dignitoso, - alla mia sorte, alla posizione che temevo, alle conseguenze del male? La notte mi svegliavo in sussulto, impaurita da quel pensiero. Era la sola nube che offuscasse il mio bell'orizzonte. Ma una nube grave di tempesta.

V.

Era d'estate, la sera uscivamo insieme perchè nel mio stato avevo bisogno di moto.

Una sera passeggiavamo lentamente sul Corso. Parlavamo del nostro bambino; del nome che gli s'avrebbe a dare; era una questione che agitavamo da un pezzo. Io volevo chiamarlo Marco o Marcella a seconda del sesso; - lui trovava che Marcella era brutto, e preferiva il nome di Mario o Maria. Era una gara di cortesia e d'affetto, in cui ciascuno di noi voleva far prevalere il nome dell'altro; poi ci eravamo messi di buon umore, e Marco m'andava proponendo i nomi più strampalati: Asdrubale, Melchisedecco, Ariodante.... ed io protestavo ridendo.

- Macario - disse Marco, scansandosi un poco per lasciar passare un giovine che ci aveva preso la dritta. Io non risposi.

- Non ti opponi? - riprese. - Chi tace consente. Lo chiameremo Macario.

Non risposi ancora. Lo stesso giovane, che era tornato indietro, era ripassato accanto a mio marito, mi aveva sbirciata rapidamente ed aveva tirato innanzi una cinquantina di passi. Mentre Marco parlava, io vedevo quel giovane fermarsi un minuto presso la mostra di una bottega, poi voltarsi e venirci incontro daccapo.

- E così Maria? Perchè non rispondi? - domandò Marco stringendomi il braccio. - Ti senti male?

- Sì, mi sento male; ho i brividi; torniamo a casa.

Voltò strada subito, e ci ritirammo. Ma la mia casa non mi parve più quel dolce nido di pace; la mia felicità era svanita; avevo lo sgomento nel cuore.

Quel giovane che m'era passato accanto era Edmondo.

Neppure le cure amorevoli di Marco valsero a calmare la febbre d'angoscia che mi agitava tutta.

Era stata come una visione di malaugurio. Sentivo che non poteva finire così; conoscevo quel carattere tempestoso, imperioso, e sapevo che la mia pace sarebbe perduta, che il mio bel nome di moglie non potrei più portarlo con quella dignità che mi riconciliava col passato. Guardavo la cara figura nobile di Marco, e pensavo:

- Ecco; io ho portato la tempesta nella sua vita, la vergogna sul suo nome; egli mi ha fatto tanto bene, ed io l'ho ingannato. Domani, doman l'altro, incontrerà per via qualcuno che gli dirà:

- Guarda; quel giovinotto là, era l'amante di tua moglie.

Avrei dato la mia vita avvenire, avrei dato persino il mio bell'anno di nozze, perchè quella lettera perduta fosse giunta a suo tempo al mio sposo; perchè mi avesse perdonata, o anche abbandonata, ma non fosse stato ingannato lui.

Le mie previsioni sì avverarono. Quell'incontro fu il principio d'una serie di dolori e di vergogne.

Il giorno dopo ricevetti una lettera da Edmondo. - Mi aveva seguita, conosceva il mio nuovo nome ed il mio indirizzo.

Suo padre era morto, ed egli era tornato libero e ricco per sposarmi. Non gli era riuscito di trovarmi: erano molti giorni che mi andava cercando affannosamente, ed il suo amore s'accresceva in quelle ansietà. Finalmente m'aveva scoperta, ed al tempo stesso aveva scoperto che l'avevo dimenticato, che avevo sposato un altro.

«Povera Maria, - scriveva. - Fu il mio silenzio, l'isolamento, forse la crudele necessità di vivere, che t'hanno indotto a sacrificarti con un vecchio. - Ma io so che non puoi amarlo, che il tuo cuore è mio.»

Non posso ripetere quelle supposizioni oltraggiose, che facevano salire il rossore sulla mia fronte di moglie onesta. Mi pareva che quelle parole profanassero il mio amore devoto per Marco, m'avvilissero dinanzi a lui.

E dopo le supposizioni venivano le proposte oltraggiose anch'esse:

«Edmondo mi amava più che non mi avesse amata mai. - Mi perdonava, d'averlo tradito! - Desiderava ardentemente di rivedermi; mi aspettava l'indomani alla tale ora, nel tale luogo.»

Mi dava un appuntamento! A me, moglie d'un altro, vicina a divenir madre! - E non dubitava nemmeno ch'io potessi non andarci. Che avessi ad offendermi poi!.... Ed infatti, non gli avevo dato il diritto di giudicarmi così? Che ragione avevo di pretendere che mi credesse onesta?

Eppure ero onesta e pentita, e tutto quanto c'era di leale, di giusto nella mia anima, si ribellava a quella proposta vergognosa.

Non risposi; ma dopo alcuni giorni venne un'altra lettera.

«Perchè non ero andata? M'aveva aspettata. Non avevo potuto sfuggire al mio vecchio marito? Era geloso? E perchè non gli avevo risposto almeno una parola?»

Umiliata, indignata da quei ripetuti insulti gli risposi: «che cessasse di scrivermi; ch'io amavo e stimavo profondamente il marito che m'aveva offerto lealmente il suo nome: che avrei preferito morire che fargli il menomo torto.»

Ma quella risposta non fece che esaltarlo maggiormente. Irritato dal mio rifiuto, mi rispose un biglietto ironico e crudele.

- «Ah!, la signora si atteggia a Lucrezia Romana? - Ma io possiedo un grazioso epistolario, tutto scritto da lei, virtuosa signora; una raccolta di letterine che tengo preziose e di cui non mi priverei che dietro il grande compenso d'una sua visita, signora Lucrezia, oppure per farne un dono al suo caro Tarquinio. Se domani alle due Ella non sarà venuta a domandarmele, io manderò il piego a suo marito, e gli dirò: - Questa donna che voi chiamate vostra....»

Quella minaccia mi atterrì. - Se avesse parlato di uccidermi, di uccider sè stesso, m'avrebbe impaurita meno. Nell'esaltazione del mio spirito, avrei preferito un delitto, un rimorso eterno, alla vergogna dinanzi a Marco; al disprezzo di quell'uomo che ammiravo come un Dio, e adoravo come un amante.

Uscii di casa sola, paurosa, febbricitante, nascondendomi come un'adultera, ed andai a quell'appuntamento per ricuperare le mie lettere, il mio onore, l'onore di mio marito e di mio figlio. - Era per Marco che facevo quel passo; per la sua pace, per non espormi al suo disprezzo; che so io? perchè lo amavo, ed avevo paura.

Edmondo mi aspettava in un tratto isolato dei bastioni di porta San Celso.

Fu una scena ignobile ed umiliante. Quell'uomo a cui avevo dato il diritto di non rispettarmi, abusava della sua posizione con preghiere oltraggiose, e scusava l'insulto presente col ricordo d'un passato che era un altro insulto.

Ritornai di là senza aver nulla a rimproverarmi, lasciandolo irritato, respinto; ma sentendomi avvilita, scontenta di me.

Per indurlo a non rivelare a Marco il segreto colpevole del mio passato, avevo dovuto scendere ad una transazione, indegna d'una moglie onesta.

Egli non aveva voluto darmi che una sola lettera; la prima che gli avevo scritto:

- Sentite - m'aveva detto. - Se volete ch'io vi rispetti, dovete essermi indulgente. Io vi adoro, sono pazzo; abbiate pietà di me. Venite qui ogni volta ch'io vi chiamerò, ed io m'accontenterò d'adorarvi come la Madonna sull'altare; ed ogni volta che verrete vi renderò una delle vostre lettere. Quando non ce ne saranno più non verrete più; lo so; ed allora sarà di me quello che Dio vorrà. Ma finchè le tengo queste caparre, dovete venire; lo voglio. - E se una volta mancherete al mio invito, io manderò le lettere che mi rimarranno a vostro marito; e lui vi scaccierà, vi disprezzerà perchè l'avete ingannato, e quando vi troverete sola, senz'appoggio, senza risorse, dovrete per forza rivolgervi a me....

Nè ragionamenti, nè suppliche eranc valsi a dissuaderlo da quel proposito; ed io avevo dovuto promettere che andrei, come una colpevole, come un'innamorata, a riconquistare ad una ad una le mie lettere a prezzo, se non del mio onore, del mio decoro.

Non so quali speranze insensate lo esaltassero ancora. Credeva forse che, a forza di rivederlo tornerei ad amarlo; o credeva di compromettermi con quegli incontri imprudenti, e di farmi scacciare dal marito senza scendere lui stesso all'odiosità d'una delazione.

Ed io tornai alla mia casa con quel coltello alla gola; a qualunque ora, in qualunque momento potevo venir chiamata dal mio antico amante; ed avrei dovuto accorrere, o lasciarmi denunciare a mio marito che adoravo, che mi sembrava innalzarsi sempre più nella sua virtù alta e serena, a misura ch'io ridiscendevo nel fango.

VI.

Da quel momento vissi in continue angoscie; non osavo sostenere lo sguardo di mio marito; tremavo all'udire il campanello dell'anticamera; sorvegliavo l'arrivo della posta, e più d'una volta nascosi vergognosamente una lettera sotto gli occhi della cameriera, all'udire il passo di Marco.

Due, tre volte ancora, uscii ad ore insolite, giustificando quelle stranezze con una bugia, e corsi all'appuntamento forzato d'Edmondo, coll'anima straziata, come Ernani all'appello della tromba che lo chiamava alla morte.

Camminavo contro il muro come per nascondermi, avevo il volto coperto da un velo, ero pallida e tremavo: e gli uomini mi guardavano sogghignando, ed i monelli, che mi vedevano incontrare un giovane sui bastioni deserti, giravano intorno a noi scambiandosi grida e canzoni sfacciate.

E quando rientravo nella mia casa onesta mi pareva di profanarla; quando Marco mi parlava colla sua voce schietta, chinavo gli occhi e mi sentivo indegna di lui.

Che importava che non lo tradissi? Che importava che lo amassi, e gli fossi fedele, ed odiassi addirittura il suo rivale, e non gli permettessi neppure una parola che potesse offendere mio marito? - Le apparenze erano contro di me; agivo come non avrebbe agito nessuna donna rispettabile; se Marco mi avesse sorpresa a quegli appuntamenti, o chiunque altri m'avesse sorpresa invece di lui, avrebbe avuto diritto di giudicarmi colpevole. - Da un giorno all'altro potevo scontrarmi in una signora che sapesse le mie uscite misteriose, e mi rifiutasse il saluto.

Era una situazione insopportabile. Il mio carattere se ne risentiva; rimpiangevo ardentemente la mia felicità perduta. Mi pareva d'esser punita troppo severamente delle colpe passate, e mi ribellavo contro i rigori della giustizia. Sentirmi onesta e fedele, ed esser condannata ad apparire infedele e disonesta; era un supplizio atroce; e non vedevo alcuna via per uscirne; e non ero abbastanza colpevole per avere il coraggio di quelle viltà. Ogni giorno mi sentivo più abbattuta; lottavo tra l'ansia di ricuperare fin l'ultima lettera, e lo scoraggiamento che mi spingeva ad abbandonare quella partita tremenda.

Marco doveva accorgersi che qualche cosa di terribilmente penoso accadeva dentro di me. Mi guardava fissa coll'occhio melanconico, come per dirmi:

- Perchè? Perchè non hai più fiducia in me? Perchè mi sfuggi? Perchè soffri, e mi nascondi il tuo dolore?

Ed io sentivo che lo rendevo infelice, ed ero disperata. E forse l'indomani avei dovuto tornare laggiù ai commenti dei passeggieri, agli scherni dei monelli, alle preghiere oltraggiose d'Edmondo!

Venne un giorno in cui non mi sentii più forza per quella commedia crudele. La mia salute era gravemente alterata. Soffrivo un doppio martirio del corpo e dell'anima. La vita m'era diventata una tortura; non avevo più il coraggio di sopportarla. Ero disperata; la mia testa si esaltava; - decisi di morire. Ne domando perdono a Dio; non sapevo quello che facessi; ma decisi di morire.

Combinai freddamente il mio disegno - Avevo in casa una boccetta d'arsenica che m'aveva ordinato il medico poco dopo il mio matrimonio; le mie nuove speranze materne erano sopravvenute a farmi sospendere quella cura ed il rimediò pericoloso era rimasto là, dimenticato in un armadio, col suo conta-goccie accanto. Ce n'era abbastanza per uccidermi.

Pensai sospirando con che scrupolo Marco mi contava le goccie quando pigliavo quel veleno salutare; e come si opponeva severamente a lasciarmelo amministrare da chiunque altri; e con che ansietà interrogava il medico e me stessa. Ora la mia salute non m'importava più.

- Io non conterò le goccie, - pensavo - Lo prenderò tutto d'un fiato, e che Dio mi perdoni. Avrò finito di soffrire a questo modo.

Ma poi un'idea orrenda mi balenò alla mente. Mio figlio! Avrei avvelenato mio figlio; l'avrei ucciso con me!

Oh Dio! Anche quell'amore santo di madre doveva essermi uno strazio. - No. Qualunque cosa potesse accadere, non volevo mettere a pericolo l'esistenza di mio figlio, non volevo privare suo padre di quell'ultimo amore.

- Vivrò finchè sarà nato, - dissi. - Ma non vivrò fra le menzogne e gl'inganni.

Non avevo speranza di commovere Edmondo; ero certa che la prima volta che avessi mancato di rispondere al suo richiamo imperioso, avrebbe mandate le lettere a mio marito. Era irritato dalle mie continue ripulse, dall'indifferenza con cui lo trattavo; era geloso del mio amore per Marco, non aspettava più che un'occasione per vendicarsi di tutto.

Ebbi un momento d'energia disperata.

- Non andrò più da Edmondo - pensai. Ma prima che mi denunci a mio marito, mi denuncierò da me stessa. Dacchè sono decisa a morire, voglio confessargli tutto, confessarglielo io, che posso pure dirgli qualche cosa per mitigare i miei torti ed attenuare il suo disprezzo. - Gli rammenterò com'ero sola, lontana da mia madre, da tutti i miei, e povera; e che a forza d'andare all'ufficio come gli uomini, e cogli uomini, non vedevo più la sconvenienza di trattarli con dimestichezza, non avevo più soggezione, non arrossivo più. Gli dirò che in quella posizione non avevo nessuna affezione, nessun consiglio, nessuna gioia per sfogare l'espansione della mia anima giovanile; e come fui punita, e come mi pentii. E poi gli dirò della lettera che gli avevo scritta; gli giurerò in ginocchio, davanti a Dio, che l'avevo scritta spontaneamente, per dirgli tutta la verità; e che non fu di proposito, ma per una combinazione fatale che l'ho ingannato.

Mi scaccerà egualmente, perchè la clemenza umana non basta per di certi perdoni, ed io implorerò che mi lasci vivere qui, lontana da ogni altra vergogna fintanto che gli abbia dato un figlo da amare. Poi me ne andrò a morire in qualche luogo isolato, senza contristarlo con una scena d'orrore. - Ed avrò almeno il conforto di sapere che quando penserà a me non mi accuserà d'averlo ingannato, mi giudicherà colpevole, ma non vile ed ingrata; e mi disprezzerà meno.

Sola nella mia stanza, mi esaltai tutto il giorno con quei pensieri, colla visione di quelle scene strazianti. - Stavo così male che potei evitare d'andare a pranzo; avevo pianto in modo da sfigurarmi, e poi avevo bisogno di non distrarmi dal mio proposito. Era la prima volta che non andavo a pranzo con mio marito; pensavo:

- Pranzerà in fretta, poi verrà subito a vedermi; - e lo aspettavo per fargli la mia confessione.

Avevo preparato in mente ogni parola, ogni atto. Era un discorso lungo, una serie d'accuse, di scuse e di suppliche. Ma sapevo che doveva finire con una separazione definitiva. No; non era possibile che mi lasciasse aspettare in casa sua la nascita del mio bambino, mi manderebbe dalla mamma, e non lo vedrei più. - Quando arrivavo col pensiero a quel punto, quando gli dicevo addio, ricominciavo a piangere disperatamente.

Essere uniti a quel modo, amarsi tanto, e doversi separare!

VII.

Ero appunto in una convulsione di pianto, quando Marco aperse l'uscio. Singhiozzavo tanto, che non l'avevo udito venire. Non lo aspettavo così presto. M'ero figurata che pranzerebbe prima; ma non aveva pranzato; appena gli avevano detto che stavo troppo male per andare a tavola, era corso a vedermi.

- Maria! - esclamò sorpreso di trovarmi a quel modo.

Tutto il mio discorso mi sfuggì dalla mente come se ogni parola avesse poste le ali. - Capii alla prima che non potrei mai fare una confessione solenne, a periodi ordinati, come l'avevo immaginata. La realtà è tanto diversa dall'immaginazione. Tutte le esclamazioni enfatiche, le scene pittoresche dei drammi sono sogni da poeti. Nella vita reale le cose accadono in tutt'altro modo.

Però, anche rinunciando alla speranza di fare un bel discorso, mi rimase il proposito di confessare ad ogni modo, di uscire da quella ignobile pastoia d'inganni.

- Oh Marco! - singhiozzai. - Senti, ho una cosa da dirti.

- Di' su, cara. - Cosa vuoi? - Mi rispose dolcemente.

- È una cosa enorme, vergognosa - balbettai esitando e coprendomi il volto col fazzoletto.

Non rispose, ma mi prese una mano come per farmi coraggio. Io mi lasciai scivolare pian piano dalla poltrona, e rimasi in ginocchio dinnanzi a lui che mi si era seduto accanto. Ma fu tutt'altro che la genuflessione drammatica che avevo progettata; feci quell'atto senza slancio, come per vezzo; poi nascosi il volto sulle sue ginocchia, e gli dissi:

- Lascia che te lo dica così; se ti guardassi non oserei.

Sentii le sue mani posarsi su' miei capelli, e pensai:

- Ecco l'ultima carezza che mi fa. Fra un momento ritirerà le mani con ribrezzo e mi respingerà. - E tutto il mio coraggio svanì, e tornai a dire:

- Senti, Marco.... - ed intanto pensavo quale piccola mancanza potessi inventare per giustificare quella scena senza dirgli la verità.

- E così? - disse Marco. - Cosa debbo sentire? - Via di'; ti faccio paura? - Poi soggiunse in tuono di scherzo:

- Hai ammazzato qualcuno?

Quella parola mi richiamò vivissimo il mio proposito di suicidarmi; l'orrore d'aver compreso in quel progetto orrendo la vita di mio figlio; e le lettere; le lettere disgraziate che mi avevano condotta a quel punto. - Mi tornò al pensiero la scena di vergogna, tante volte temuta, di vedere quelle lettere, in cui sfogando i miei rimorsi avevo ripetutamente affermata la mia colpa, lette ad una ad una da Marco; e di udirlo dirmi:

- Perchè m'hai ingannato?

No; non potevo, non volevo ingannarlo più.

- Senti Marco, - ripresi con uno sforzo sovrumano - una volta, prima che tu m'avessi mai parlato - sai - quand'ero tanto sola - e tanto triste....

Esitai un momento. La mia voce tremava, ed il cuore mi batteva forte forte, ed avevo un fischio negli orecchi come quando s'ha preso troppo chinino; non avevo la forza di proseguire; avrei voluto che m'incoraggiasse. - Egli mi disse soltanto:

- Ebbene? Quand'eri tanto triste?...

Io pensai di dire alla prima il peggio, d'impegnarmi in modo da non poter più retrocedere, e misi avanti il nome:

- Edmondo - sai, - Edmondo Soldani....

Sentii la mano di Marco passarmi sotto il mento, poi chiudermi la bocca; poi, accanto all'orecchio, la sua voce, quel dolce suono d'amore, mi susurrò:

- Stai zitta, bimba. Io so tutto.

Fu tale lo sbalordimento a quelle parole, che dimenticai la vergogna e alzai il capo per guardarlo in viso. Poi all'incontrare il suo sguardo buono, sentii la vampa del rossore salirmi alla fronte, chinai di nuovo la testa avvilita e scoppiai in un pianto dirotto.

Egli lasciò che mi sfogassi un poco, poi mi disse:

- Via, Maria; calmati. Vedi pure che non sono un giudice tanto terribile....

- Oh ma tu non sai.... singhiozzai senza guardarlo....

- Io so tutto, t'ho detto. - Non ti ricordi che me l'hai scritto tu?

- Ah! tu hai ricevuta quella lettera? - gridai.

- Ma sì, non me l'avevi mandata tu stessa?

- Credevo che non ti fosse giunta.

- Sì, mi è giunta la vigilia delle nozze.

- Ma perchè non m'hai detto nulla?

Egli mi rialzò abbracciandomi; mi fece sedere sulle sue ginocchia, e carezzandomi amorevolmente la fronte ed i capelli, riprese con un accento di clemenza che mi spezzava il cuore:

- Perchè sapevo già tutto, anche prima che tu mi scrivessi quella lettera. Perchè t'avevo domandata in moglie, appunto per toglierti dalla falsa posizione in cui t'avevano posta. Perchè ti compiangevo e ti perdonavo. Perchè in gran parte la colpa non era tua; eri troppo giovane per allontanarti dalla mamma, per viver sola, per saperti condurre da te stessa nelle difficoltà della vita. La gioventù ha bisogno di guida. L'amore è un sentimento naturale, un istinto. Posta nell'occasione è certo che se non oggi, domani, una fanciulla s'innamora. Se è sola, libera, se non ha accanto una tutela che la trattenga a tempo, la passione la domina. Negli animi gentili, il pudore stesso può essere una tutela sufficiente. Ma quando una ragazza s'è avvezza a trattare gli uomini come compagni d'ufficio, a non arrossire dinanzi a loro, il primo pudore istintivo è già vinto, - e la caduta è più facile.

Io l'ascoltavo con raccoglimento, e mi ripetevo nel cuore ogni sua parola. - Era lui che mi scusava come avrei voluto scusarmi io stessa se avessi potuto parlare. Come faceva a leggere così nel mio cuore? - Era superiore in tutto. Chissà? Forse avrebbe avuta la clemenza di perdonarmi anche dopo la confessione che stavo per fargli. Dio perdona le più gravi colpe, ed egli era buono e grande come un Dio.

- Ed ora cosa debbo fare, Marco? - gli domandai timidamente.

- Cosa devi fare? - Ma nulla. Devi continuare ad essere una brava donnina, onesta, come sei stata sempre dacchè mi hai sposato....

- Ma io non sono una brava donnina, non sono onesta! - esclamai con uno slancio di lealtà, non potendo tollerare quegli elogi immeritati.

Con un moto istintivo mi allontanò da sè e si rizzò in piedi. Io pure ero rimasta in piedi a capo chino, e piangente. Ma egli riprese subito la sua calma da uomo giusto. Venne a fermarsi dinanzi a me e mi disse:

- Via, spiegati. Alza il volto e guardami.

Io obbedii e fissai timidamente ne' suoi, i miei occhi pieni di lagrime. Marco riprese guardandomi fin nell'anima:

- È vero che la madre di mio figlio non è una moglie onesta? È vero, Maria?

- No, no, no, non è vero! - urlai con un grido disperato, un vero grido di madre.

- Allora siedi qui; calmati e parla.

E, sedendo egli stesso, mi additò una poltrona accanto a lui; era serio, ma senza rigore.

Io gli dissi tutto. Il ritorno d'Edmondo, le sue lettere, il supplizio degli appuntamenti, fino a quel giorno in cui non avevo più avuto il coraggio di sopportare quella tortura, e nella mia stessa debolezza avevo attinta la forza di confessarmi a lui, e di morire.

- Quando dovresti andare? - mi domandò con voce addolorata.

- Domani - susurrai.

- Domani manderà le lettere a me. Le bruceremo senza aprirle, e non ne parleremo mai più.

- E non mi manderai via? - dissi non potendo credere a tanta gioia.

- Perchè dovrei mandarti via, poverina? - Perchè tu dovessi ancora appigliarti ad un impiego insufficiente a farti vivere, ed essere trascinata dalle circostanze e dal bisogno a transigere col tuo decoro?

- È soltanto per non espormi a quel pericolo che non mi scacci? - domandai sentendo gelarmi il cuore al pensiero che di tutto il suo bell'amore non mi fosse rimasta che un po' di compassione.

- È perchè ti voglio bene, e ti perdono; - mi disse abbracciandomi.

E d'allora la pace è tornata nel mio cuore e nella mia casa.

Ma ogni volta che sento declamare sull'emancipazione della donna, sulla produzione sociale a cui ha diritto, deploro queste novità pericolose, che rendono le giovinette indipendenti, e le allontanano dal loro ambiente naturale, che è la famiglia. - Vorrei che gli impieghi pubblici accordati alle donne, fossero dati esclusivamente alle vedove o alle giovani mature, e che avessero un compenso sufficiente, per farle vivere senza stenti; perchè la miseria è una triste consigliera. - Vorrei che le questioni sociali non facessero perder di vista le questioni morali. - Ora che ho fatto una prova dolorosa, e che sono madre anch'io, penso come la mia povera mamma:

- Meglio trecento lire soltanto, ma vivere in famiglia, e lavorare in una scuola ad educare dei bimbi con fatica materna e moralizzatrice, che guadagnare tre volte tanto, sole, giovani, ed inesperte, facendo l'impiegato lontano dai nostri protettori naturali.

I MORTI PARLANO.

Questo racconto fu pubblicato alcuni mesi sono nel Fanfulla. Per non toglierci nulla della sua verità, lo ristampo colla lettera che lo accompagnava al direttore del giornale.

AL DIRETTORE DEL «FANFULLA»

ROMA.

Milano, 29 giugno 1379

Caro signor direttore,

Le mando due lettere che ho ricevute dall'America a circa un anno di distanza l'una dall'altra. La seconda è un seguito affatto impreveduto della prima; ed entrambe riusciranno certo più interessanti ai lettori del suo Fanfulla, che non sarebbe riuscita quella tale mia novella che vado promettendo da tanto tempo e non scrivo mai.

Mi si va ossidando l'immaginazione; non so più inventar nulla, e sono ridotta a fare da cronista, mandandole invece d'un romanzo la relazione d'un fatto vero che somiglia ad un romanzo.

Veda se può accontentarsene, ed in tal caso la prego di restituirmi le lettere quando le avrà pubblicate perchè sono d'un'amica lontana che forse non vedrò più, e le tengo preziose.

Devotissima sua

LA MARCHESA COLOMBI.

LETTERA PRIMA.

Filadelfia, 5 gennaio 1878.

Mia cara,

Oggi tutti i giornali cittadini si occupano di un originale che morì ieri l'altro; un tipo strano che ti voglio descrivere perchè forse ti gioverà in qualcuno de' tuoi romanzi.

Tanto, non avrei altre notizie da darti, perchè mio marito è sempre fuori per i suoi affari, Ettore è in collegio, ed io muoio di nostalgia, al solito.

Ti dissi che m'ero abbonata al teatro di Walnut-Street. Ci andavo ogni sera coll'assiduità d'una persona annoiata che cerca distrarsi. Qui posso andar sola al teatro in assenza di mio marito. A Milano mi sarebbe sembrata un'enormità.

Dal mio palco potevo vedere tra la prima e la seconda quinta, un ometto piccolo, magro con un viso tutto zigomi, colle labbra così sottili che la sua bocca pareva una ferita cicatrizzata, col naso anch'esso sottile come una piccola parete di cartoncino, un paravento messo là fra due guance, perchè l'occhio destro non potesse vedere quello che accadeva a sinistra. La testa era completamente calva, ed ai due lati del paravento luccicavano due occhietti piccoli, neri, vivacissimi, irrequieti, guarniti di ispide ciglia rossiccie, dalle quali si poteva argomentare che quando quell'uomo aveva avuto dei capelli, erano stati rossi.

Era un operaio del teatro. Un buon operaio; tutto il giorno lavorava alle scene, agli attrezzi, ai sipari, a tutto il meccanismo del palcoscenico che io non conosco. Ma la sera non faceva nulla. Non bisognava contare su lui.

Prima che si accendessero i fanali era là al suo posto fra la prima e la seconda quinta, ascoltando ogni parola, seguendo ogni gesto, cogli occhi scintillanti, la bocca semi-aperta, la persona protesa innanzi, completamente elettrizzato da quanto vedeva ed udiva.

Erano quarant'anni che faceva quella vita; era entrato al servizio del teatro a sedici anni, ed ora ne aveva cinquantasei.

S'era ammogliato tardi, ed aveva sposato una cameriera del console francese, che aveva imparato per pratica la lingua dei suoi padroni, e ne andava superba. Ma l'amore per la giovane Bess non lo aveva distolto dal suo grande amore per l'arte. Era questa per lui una specie di mania.

Pare che non avesse mai compreso precisamente cosa fosse l'artifizio drammatico; e confondeva bizzarramente nella sua testa la finzione colla realtà.

Sapeva che i signori del teatro - come diceva lui - studiavano una parte; vedeva che gli stessi avvenimenti si ripetevano moltissime volte, organizzati sotto un dato titolo; capiva che quei personaggi morivano sul palcoscenico, poi tornavano a vivere dietro il sipario. Ma, malgrado ciò,

28

quei personaggi per lui esistevano realmente; li identificava cogli attori, ed in ogni dramma vedeva una parte di vero.

Qualche volta, filosofando coi suoi compagni operai un po' demoralizzati che dubitavano dell'immortalità dell'anima, Tobie Reed era uscito a dire, come prova di quanto egli credeva con fede profonda, che aveva veduto Otello uccidere Desdemona e poi uccidere sè stesso al Walnut-Theatre, la tale sera e la tale altra, e poi li aveva riveduti tutti e due trasformati in Giulietta e Romeo, o in Fausto e Margherita.

Tutti i frequentatori del Walnut-Theatre conoscevano le piccole manie di Tobie, come lo chiamava con accento francese la Bess. Era divenuto celebre per una scena buffa.

La sua grande ambizione, l'aspirazione della sua anima da artista, era quella di rappresentare una parte sul palcoscenico, una parte qualunque; non ci metteva orgoglio.

- Sia pure da servitore o da spazzino - diceva. - Sono un povero operaio, e non potrei diventare un signore nè un re. Ma se potessi comparire là fuori anch'io.....

Era un pensiero che lo tormentava continuamente. Gli pareva che entrando in iscena prenderebbe parte a quella vita avventurosa dei drammi che lo appassionava tanto.

Il capocomico, il quale era anche primo attore nella sua compagnia, era agli occhi di Tobie l'onnipotenza; egli pensava con ansietà che sarebbe bastata una parola di quell'uomo per aprirgli il varco a quel mondo fantastico a cui anelava.

Tobie non avrebbe mai osato rivolgersi direttamente a quel personaggio alto e misterioso che vedeva ogni sera sotto nuovi aspetti e con nuovo prestigio. Ma da tutti gli impiegati, da tutti i subalterni del teatro gli faceva portare la sua supplica di accoglierlo nella compagnia, e stava sempre aspettando una risposta.

La Bess, che s'infastidiva di quell'idea stravagante, gli diceva spesso:

- Non farti illusioni, Tobie. La tua voce è troppo cupa. Non sei fatto per recitare. E poi, a cosa servirebbe?

Era una donnina positiva, d'idee strette, ignorante, che passava la vita lavorando. Al teatro non ci andava mai, e credeva che tutte le arti fossero perditempi inutili, ed anche un po' peccaminosi.

Ma Tobie non rinunciava per questo alle sue speranze.

Una sera si dava l'Amleto. Egli era là, al solito posto fra le quinte, cogli occhi sbarrati, il cuore palpitante per quel povero principe mesto, che era il capocomico. Ad un tratto gli sente dire con accento di profonda incertezza:

- Tobie or not Tobie...

Parlava di lui! Era preoccupato della sua domanda. Rifletteva se dovesse ammettere Tobie all'onore della scena. Ci doveva essere un posto vacante, ed il principe pensava se gli convenisse meglio ammetterci Tobie or not Tobie.

Tobie era timido, rispettosissimo; ma in quel momento vedeva agitarsi la grande questione della sua vita: «that is the question» diceva pensosamente Amleto. Una parola detta a tempo, un'intercessione, potevano forse deciderlo in favore del povero operaio.

Tobie si lasciò vincere dalla sua grande passione, si fece innanzi sul palco, un passo solo, colle mani giunte, e con voce supplichevole esclamò:

- Oh yes sir! Tobie! Tobie!

Neppure la sepolcrale serietà d'Amleto potè resistere a quella scena; ed il pubblico applaudì con entusiasmo.

Tobie, da quell'uomo discreto che era, si ritirò subito. Ma il sorriso del capocomico gli aveva dato buone speranze. Infatti, egli aveva preso interessamento per quel personaggio bizzarro, che aveva ridotta ai minimi termini per conto suo la grande questione dell'essere o non essere. Ogni volta che gli passava accanto dopo quel fatto, sorrideva ancora.

Una sera, al momento di andare in iscena, venne a mancare, per un malessere improvviso, un attore di terz'ordine che doveva comparire soltanto un momento per annunciare ad un sovrano che la reggia era stata incendiata dai sudditi ribelli. Erano poche parole. Una comparsa.

- Accontentiamo Tobie Reed - disse il capocomico. - Vestite lui, ed insegnategli la parte.

Si può figurarsi la gioia, l'esaltazione di Tobie. Aveva raggiunta la mèta sospirata tanto lungamente. Ecco; un sovrano lo prendeva al suo servizio; e toccava a lui, Tobie, dare il primo allarme per avvertire il suo signore dell'incendio.

In un momento tutto si confuse in quella povera testa. Non pensò più ad altro che al pericolo del sovrano suo signore; se ne appassionò; avrebbe voluto correre subito da lui; e ci volle tutta a trattenerlo fino al momento in cui toccava veramente a lui d'entrare in iscena.

Appena gli dissero: va, egli balzò con furia fuori dalle quinte, al colmo dell'esaltazione, urlando come uno spiritato:

- Fuoco! Fuoco! Siamo circondati dalle fiamme!

E la sua voce cavernosa aveva preso un accento così spaventosamente vero, che il pubblico impaurito rispose con grida di terrore, balzò in piedi, rovesciò le panche, ed urtando, calpestando tutto, si precipitò fuori, pazzo di terrore, credendo che fosse realmente incendiato il teatro.

Naturalmente quel successo imprevuduto troncò netta la carriera drammatica di Tobie Reed, e le simpatie del capocomico per lui. Egli lo riprese severamente, lo chiamò vecchio imbecille, e lo rimandò con disprezzo ai suoi lavori manuali.

Fu un avvilimento profondo per Tobie. Avevano forse ragione la Bess ed i suoi amici. Egli aveva una voce cavernosa che impauriva la gente. Doveva rinunciare a recitare; rinunciarvi per sempre, perdere la speranza che aveva vagheggiata per tanti anni.

Ne era profondamente desolato. Ma d'altra parte riconosceva che la sentenza che lo colpiva era giusta; egli aveva veduto con sgomento la catastrofe suscitata in teatro dalla sua comparsa; aveva constatati i danni; non c'era a dire; meritava d'essere espulso; ma era un gran dolore, un gran dolore!

Soltanto Tobie non riesciva a comprendere come mai - dopo averlo respinto dalle scene con tanto sdegno e tanto perentoriamente - ogni volta che si rappresentava l'Amleto il capocomico tornasse ad agitare fra sè la stessa questione: «Tobie or not Tobie!»

Che volesse prenderlo un'altra volta nella compagnia? Riammetterlo alla difficile prova? Non era possibile; lo aveva chiamato vecchio imbecille; gli aveva imposto severamente di non comparirgli più dinanzi. Eppure tratto tratto era là daccapo, perplesso, inquieto, a ripetere:

- Tobie or not Tobie; that is the question.

A forza di pensarci, il povero Tobie ne perdeva la testa; vaneggiava. Associava quella scena coll'altra del cimitero, e si faceva delle idee sempre più confuse e truci. Finì per immaginarsi che il sovrano suo signore, ch'egli aveva servito così poco, e che ora confondeva con Amleto, lo avesse condannato a morte per punirlo della scena dell'incendio, ed avesse ordinato a' suoi sgherri di portargli la testa del colpevole decapitato.

E Tobie era in grado di riconoscere meglio di chicchessia, che il sovrano aveva le sue buone ragioni per dubitare dell'identità del cranio che gli dava il becchino, e per domandare ripetutamente se proprio era «Tobie or not Tobie».

Sul palcoscenico del Walnut-Theatre non erano mancati tiranni sanguinari, per giustificare le supposizioni atroci di Tobie.

C'erano momenti in cui il pover'uomo, nel suo immenso sconforto, pensava che, se veramente quel cranio fosse stato il suo, avrebbe rappresentata una parte nell'Amleto, ed una parte importante; e gli doleva quasi di non essere stato decapitato.

A lungo andare, e col ripetersi di quella scena, il pensiero di Tobie si fissò con insistenza su quella combinazione funebre, la quale conciliava il suo desiderio di prender parte alle rappresentazioni drammatiche colla incompatibilità della sua voce e la sua inettitudine a recitare. Se avesse potuto davvero mettere là il suo cranio! Ma come fare?

Finalmente, a forza di rifletterci sopra, gli parve d'aver trovato il modo; e da quel momento il suo spirito apparve più sollevato e tranquillo. Aveva ancora una speranza, una meta, per quanto stravagante, a cui rivolgere l'attività della sua mente.

In quell'epoca cominciò a correre voce che Tobie Reed avesse fatto una ricca eredità. Ma il suo modo di vivere non mutò affatto; continuò a lavorare tutto il giorno e ad assistere alle rappresentazioni della sera coll'usata assiduità; la sua casa non s'ingrandì nè si fece più bella; la Bess continuò a lavorare di cucito per un negoziante di biancheria come aveva fatto sempre; e la diceria dell'eredità non ebbe più corso.

Tuttavia era stata una ragione abbastanza plausibile che l'aveva suscitata. Per più d'un mese Tobie s'era mostrato preoccupatissimo della sua successione. Voleva far testamento; andava domandando a tutti come si facesse, come potesse esprimere validamente le sue ultime volontà un uomo che non sapeva scrivere; e se fosse indispensabile ricorrere a un notaio, e se si dovesse pagarlo, e quanto.

Questo se e questo quanto erano stati due ostacoli insuperabili pel povero Tobie, ed avevano privato i posteri delle sue ultime volontà. Egli aveva messo fuori un gran sospirone sulla spesa approssimativa d'un testamento che gli avevano indicata, e non ne aveva parlato più. Era evidente che le supposizioni dell'eredità erano state infondate. Tobie aveva desiderato di far testamento per qualche sua stranezza, come aveva desiderato di recitare; era stata una nuova manìa; ma in realtà di patrimonio da legare non ne aveva, dacchè gli mancavano persino i quattrini per pagare il notaio.

L'anno scorso in principio dell'inverno il signor Edison prese in affitto il teatro di Walnut Street per un dato numero di sere. Doveva fare davanti al pubblico i primi esperimenti del fonografo.

Tobie rimase sbalordito quando vide il palcoscenico invaso fin dal mattino da quelle macchine d'ogni dimensione. Che cosa dovevano farne? E dove starebbero gli attori? Non gli riesciva d'immaginare che strano dramma si preparasse. Specialmente quel cilindro, lungo quasi un metro, montato sopra una specie di cavalletto, con tanta complicazione di piombi appesi a catene di varie lunghezze, e ruote e manovelle, quel grande ordigno che teneva il posto d'onore sul davanti della scena, lo impensieriva moltissimo.

Tutta l'altra serie di fonografi di dimensioni minori, che erano sparsi su varie tavole, Tobie li credette macchine da cucire, e suppose che le avessero portate là perchè nel dramma si dovesse rappresentare una sartoria, un laboratorio, o qualche cosa di simile.

La sera del primo esperimento Tobie fu sollecito ad accorrere al suo posto fra le quinte, più curioso, più interessato che mai. Non vedeva l'ora di sapere che parte doveva rappresentare quella macchina.

Cominciò dal non capir nulla, e dal sorprendersi al vedere che non comparivano attori, che non c'erano scene, che un giovane signore tutto solo e vestito di nero faceva al pubblico un lungo discorso.

- It is a lecture - è una conferenza - disse Tobie.

Ma la sua meraviglia passò ogni limite, quando vide il giovane signore accostare la bocca alla macchina misteriosa, e confidare al suo orecchio d'ottone il solito dilemma che da tanti anni tribolava il capocomico:

- Tobie or not Tobie; that is the question.

Era dunque per decidere di questo che si era fatto tutto quell'apparecchio? E che cosa ne risulterebbe?

Tobie aveva finito per rassegnarsi a non essere artista; aveva un altro progetto che appagava le sue lunghe aspirazioni. Tuttavia fu vivamente interessato da quel modo tutto nuovo di risolvere una questione.

Dopo aver parlato, il giovane signore passò dietro la macchina e si pose a tirare le corde ed i piombi.

- Si estrarrà a sorte - pensò Tobie. Ed aspettava di veder uscire da qualche parte una cartolina su cui fosse scritto il sì, o il no.

Ma invece fu la macchina stessa che ripetè colla medesima intonazione piena di dubbi:

- Tobie or not Tobie, that is the question.

Era stupefacente che quel suo desiderio fosse diventato la preoccupazione generale. Che persino le macchine si tormentassero con quella questione. Alla lunga, però, capì che la macchina non aveva pensieri suoi da esprimere; che ripeteva soltanto quanto le avevano detto. Ripeteva tutto; colla stessa voce, colle stesse intonazioni! Una macchina che parlava!

Era un miracolo come quello dell'asina di Balaam.

Ma dopo la macchina grande parlarono anche le piccole, le macchine da cucire. Il miracolo era più grande d'ogni altro scritto nella Bibbia. L'asina di Balaam era unica.

Tobie era in un orgasmo straordinario. Nessuna produzione drammatica lo aveva mai esaltato tanto.

- Parlano! - gridava. - Udite, udite! Vi sono macchine che parlano! Ripetono una volta, dieci volte, cento volte, quanto hanno udito!

E s'informava se quelle macchine potessero ripetere un discorso dopo un dato tempo... dopo un mese... dopo un anno...

- Sì, potevano ripeterlo dopo un tempo infinito, purchè non venisse toccato il foglio di stagnola su cui era rimasta l'impressione della voce, mediante le oscillazioni inflitte al piccolo perno....

Tobie non comprendeva nulla delle spiegazioni; ma la sua gioia era al colmo. Batteva le mani, saltava, rideva come un pazzo. Pareva che quella scoperta lo toccasse ne' suoi interessi più vitali; che l'avessero fatta esclusivamente per lui.

Quando il teatro fu deserto, egli s'introdusse sul palcoscenico, e passò parte della notte a far girare il manubrio dei fonografi, ad ascoltarli ripetere le parole che erano state dette nella serata, a dirne di nuove ed a farle ridire. E così continuò per tutte le notti finchè durarono gli esperimenti Si credeva che lo avesse colto una nuova mania.

- Chiodo scaccia chiodo - dicevano i suoi compagni. - L'idea fissa del fonografo gli farà passare quell'altra di recitare. Ma sarà pazzo egualmente. Soltanto avrà cambiato pazzia.

Invece quando i fonografi sgombrarono il teatro, Tobie non ne parlò più; ed al desiderio di diventare attore drammatico non fece più la menoma allusione. Si era fatto serio, tranquillo; lavorava assiduamente. Guarito da quelle idee strane, era un buon operaio ed un buon marito.

Al teatro si diceva per celia:

- Ecco la prima utilità del fonografo. Ha guarito un pazzo. Forse la serietà di quella scoperta e di quelle dimostrazioni scientifiche gli ha raddrizzata la testa.

Era questo un risultato non preveduto dal signor Edison; ma un risultato buono, ad ogni modo; e gli amici di Tobie se ne rallegravano. Ma era un'illusione, se ne accorsero ben presto.

Un giorno, circa un mese dopo gli esperimenti del fonografo, la Bess si vide portare a casa il marito sopra una barella tutto insanguinato. Era caduto dall'alto d'una scala a pioli sulla quale era salito per disporre i sipari del teatro; era precipitato in orchestra e s'era ferito gravemente al capo, battendo la fronte contro un leggio di ferro.

Quando lo deposero sul letto, era svenuto. Il medico dichiarò che la ferita era mortale, e non diede nessuna speranza.

La Bess mandò a chiamare un cugino del marito Seth Reed, il solo parente ch'egli avesse. Dopo circa un'ora, Tobie si risvegliò dal suo abbattimento, riconobbe il cugino e la moglie, e stese loro le mani; ma ebbe appena il tempo di dire:

- Udite, udite. Questa è la mia ultima volontà. Tagliatemi la testa, e portatela al teatro di Walnut Street per fare il cranio nell'Amleto.

Ricadde sul guanciale; gli prese il rantolo e mezz'ora dopo spirò.

La mania di Tobie Reed non era guarita affatto. Egli visse e morì nella sua idea fissa di diventare attore drammatico. Soltanto si era tranquillato perchè, una volta persuaso di non poterci riuscire da vivo, aveva pensato un modo per riuscirci almeno dopo morto, mettendo sulla scena il suo povero cranio. E questo lo appagava.

Pur troppo, mia cara, il mio racconto è finito, e debbo riconoscere che non ha un bel finale d'effetto; anzi non ha finale addirittura, e termina meschinamente a coda di sorcio. Ma le cose vere non sono mai così bene organizzate come i vostri fatti da romanzo, immaginati apposta per fare impressione a chi li legge. La realtà non mira a far impressione; è quel che è; e per questo i romanzi piacciono quasi sempre di più.

Ad ogni modo, io t'ho dato un tipo abbastanza originale. Se ti riesce di creargli intorno un romanzo, una novella, qualche cosa, non mancare di spedirmene una copia, la prima. Ho tanto bisogno di distrazioni contro la nostalgia che mi tormenta! Tanto, che t'ho scritto una serie di pagine abbastanza scipite per ingannare la noia di un lungo pomeriggio, a rischio di triplicare il porto della mia lettera.

Saluta tuo marito per tutti noi, dammi notizie di voi altri e della mia cara Milano, e credimi

Tua di cuore

MARIA T.

Filadelfia, 10 aprile 1879.

Cara,

Dopo la scoraggiante accoglienza che hai fatta l'anno scorso al povero Tobie Reed, dovrei limitarmi a scriverti il bollettino sanitario della mia famiglia; noi stiamo bene, e così spero anche di te; e non aspirare mai più a suggerirti nessun tipo pe' tuoi racconti.

Ma tutti abbiamo la nostra parte d'amor proprio. Io poi, oltre la mia, debbo avere anche quella di qualchedun altro, perchè quella tua risposta a proposito della mia narrazione: povera di fatti, punto interessante e che finiva male, non la mi è mai andata giù. Ed ora che quel racconto ha avuto un seguito di fatti, ed un'altra fine, provo una specie di soddisfazione personale; mi pare che tutto questo sia avvenuto per dare una riparazione a me e per provarti che la storia ch'io t'avevo suggerita non era poi così poco interessante come tu credevi. Sicuro! Ho scoperto che non finiva là; era soltanto il prologo di un dramma, un vero dramma questo, che si è svolto or ora, sotto i miei occhi. Figurati se voglio rinunciare a narrartelo!

Circa un anno fa, poco prima della morte del Reed, era morta qui una ricchissima vedova senza figli. Aveva dei parenti, che, come al solito, avevano fatto grande assegnamento sulla sua eredità. Ma all'apertura del testamento, si era trovata una clausola stravagante, che diminuiva il patrimonio di più di un terzo. Ella chiamava eredi universali de' suoi beni mobili ed immobili, ecc., i suoi due fratelli Abele e Nathan Blounty; ma faceva un'eccezione riguardo a' suoi gioielli, i quali dovevano essere tutti sepolti con lei, nessuno eccettuato.

Quei gioielli erano qualche cosa di favoloso. Te ne cito uno solo per darti un'idea del loro immenso valore. Ti ricordi la famosa collana di perle che il povero marchese A.... aveva voluto comperare a Parigi per sua moglie, e non potendola pagare sborsò finchè visse trentamila lire all'anno, come interesse del capitale che rappresentava? Devi ricordartela, perchè l'abbiamo veduta insieme molti anni sono alla Scala, ed allora tutta Milano ne parlava.

Ebbene, quella collana - che alla morte del povero marchese A...., completamente rovinato, era tornata al suo proprietario - era poi passata per varie mani, ed aveva finito per capitare a Filadelfia all'epoca dell'ultima esposizione.

Qui era stata comperata dalla vedova Blounty, ed ora faceva parte dello sfarzoso corredo di gioielli destinati ad ornare il suo cadavere pel giorno del Giudizio.

Puoi figurarti con che desolazione i fratelli accompagnarono al cimitero ed affidarono alla terra la salma preziosa.

La cassa in cui l'avevano rinchiusa era addirittura una cassa forte, tutta coperta di ferro, e salcata in giro. Essi avevano, per forza, obbedito al volere della defunta; ma non rinunciavano a custodire gelosamente quelle ricchezze, come se le considerassero sempre di loro proprietà, e sperassero che, per qualche evento imprevedibile, dovessero un giorno o l'altro tornare nelle loro mani.

Pare però che quelle precauzioni non fossero sufficienti. Quel tesoro sepolto doveva naturalmente allettare i ladri.

Infatti, circa quindici giorni sono, nella notte del 27 marzo, furono arrestati nel recinto del cimitero due giovani, un uomo ed una donna, armati di vanghe e di leve.

Il sexton (custode del cimitero) li aveva uditi, ed era corso a chiamare due roundsmen (uomini della polizia che fanno ronda durante la notte). Egli sapeva che a quell'ora avevano l'abitudine di fare una lunga sosta ad una birraria poco lontana, ed infatti aveva avuto la fortuna di trovarli.

I colpevoli erano stati arrestati e frugati. Ma non s'erano trovati addosso a nessuno dei due, nè oggetti funebri, nè oggetti di valore di nessuna specie.

Non spettava ai roundsmen d'interrogarli, nè di fare ispezioni nelle loro case. Si limitarono a condurre i due arrestati alla questura, ed a farvi la loro deposizione.

Al mattino, ed appunto mentre il police sergeant stava ricevendo quella deposizione, si presentò all'ufficio di polizia il sexton per annunciare che la tomba della vedova Blounty sembrava essere stata aperta. La cancellata di ferro che la circondava era intatta; era bassa, ed i ladri potevano averla scavalcata; ma la tavola di marmo che chiudeva l'ingresso del sepolcreto era stata sollevata; o almeno s'era tentato di sollevarla, perchè si vedevano alcune scheggie staccate, al punto in cui era stata introdotta la leva fra le commessure.

Il police sergeant accorse subito sul luogo con due periti, per rilevare se, e con quali mezzi, fosse avvenuta la violazione della tomba. Ed infatti si constatò che la pietra sepolcrale era stata smossa. Ma restava a sapere se i ladri erano riusciti ad introdursi nella capella mortuaria, a forzare quella cassa tanto gelosamente chiusa. Si poteva presumere di no, dacchè nelle perquisizioni fatte all'atto dell'arresto sulla persona dei colpevoli, e nella mattina alle loro case, non s'era trovato nessun gioiello. Tuttavia bisognava procedere all'esame dei luoghi.

Furono chiamati immediatamente gli eredi della Blounty; alle sette essi giunsero in carrozza. Allora fu sollevata la lastra di marmo, e la visita giudiziaria discese nella camera funebre. Ma gli eredi mandarono un grido d'orrore appena la luce delle lampade portate da due policemen rischiarò il sarcofago. Era scoperchiato, ed il coperchio di marmo giaceva in terra.

«. . . . . . Dall'un canto   Dell'avello solitario   Sta il coperchio rovesciato...»

Ma l'avello non era solitario; non era la morta che s'era risvegliata. Anche la cassa di ferro era stata forzata tutt'in giro dov'era saldata. I periti dichiararono che l'operazione doveva essere stata compiuta con uno scalpello tagliente, sul quale s'era picchiato con un martello o con un sasso; e non poteva essere stata fatta in meno d'un'ora, dato che ci avessero lavorato due persone.

Il coperchio di ferro era stato rimesso al suo posto; ma combaciava male. Quando venne sollevato, si vide la morta pallida e composta nella bara, ma spoglia di tutt'i gioielli coi quali era stata sepolta. Sui suoi piedi bianchi giacevano abbandonati uno scalpello ed un grosso martello. I periti riconobbero gli strumenti coi quali era stata forzata la cassa.

Le carni della morta, rimaste sempre ermeticamente chiuse, non si erano scomposte. Ma erano rammollite, e nello sforzo che avevano fatto i ladri per disgiungere le mani, il pollice della sinistra s'era strappato, ed era rimasto chiuso tra il pollice ed il palmo della destra.

Quella mutilazione non indicava nessuna barbarie premeditata nè volontaria; era affatto accidentale, ed il cadavere insensibile non ne aveva sofferto; s'era voluto unicamente togliere qualche braccialetto o qualche anello, che non avrebbe potuto staccarsi senza disgiungere le mani.

Tuttavia quel fatto bastò ad accrescere oltremodo l'indignazione degli astanti, ed appena la notizia si sparse per la città, tutti gli animi furono mal prevenuti contro gli imputati; nessuno metteva in dubbio la loro colpabilità. Soltanto dovevano avere un terzo complice, al quale era riuscito di fuggire coi gioielli della morta.

Il fatto era così evidente, i ladri colti in flagrante erano talmente nella impossibilità di giustificarsi che il processo non ispirò neppure alla prima grande curiosità. Dal nome del complice in fuori, si sapeva già tutto.

Ma appena i giornali recarono i primi resoconti dell'istruttoria, la curiosità e l'interesse furono eccitati al più alto grado, ed alla prima udienza pubblica il pubblico accorse in gran folla al tribunale.

Negli interrogatori era stato esaminato prima l'imputato il quale aveva detto di chiamarsi Seth Reed, d'anni 31, cesellatore. Egli aveva negato assolutamente il furto, e l'intenzione del furto; aveva negato d'avere altri complici oltre la donna che era stata arrestata con lui.

Aveva narrata una storia meravigliosa ed incredibile, secondo la quale sarebbe stato dietro un avviso sopranaturale che avrebbero deciso di introdursi nel cimitero per violare una tomba. Ma non la tomba della vedova Blounty. Di questa dichiarava di non sapere assolutamente nulla; nè la località, nè le ricchezze che conteneva.

Le deposizioni della donna s'erano trovate perfettamente conformi a quelle del suo complice. Ella credeva fermamente d'aver obbedito ad una voce d'oltre tomba, recandosi al cimitero nella notte del 27 marzo. Pareva infervorata nella sua idea; ne parlava con riverenza come di cosa sacra.

Era evidente che volevano farsi credere allucinati; era il loro sistema di difesa.

La comparsa degli imputati ai dibattimenti fu una sorpresa pel pubblico, che s'aspettava di vederli truci ed arditi come due audaci malfattori. Sono invece due figure affatto insignificanti. L'uomo, che fu chiamato prima, ha una corporatura erculea, spalle da atleta, proprio le spalle che si richiedono per aver potuto sollevare il coperchio di marmo del sarcofago. Ma il suo viso è bonario e sciocco. Ripetè quanto aveva detto nelle prime deposizioni, senza contraddirsi mai, ma facendosi strappare le parole con fatica, e rispondendo a monosillabi.

La donna, che fu introdotta dopo, è una biondina che dimostra appena ventidue o ventitrè anni, così piccola e delicata, con lineamenti così minuti, da togliere persino alla sua opulenta capigliatura dorata l'appariscenza comune alle figure bionde.

Parla assai meglio dell'uomo, ed è la sua deposizione che ho notata sul mio taccuino per darti la relazione dei fatti.

Quando il Supreme Judge la invitò a rispondere, ella obbedì tenendo il capo chino e gli occhi fissi sulle sue manine minuscole e rozze. Le palpebre abbassate e guarnite di lunghe ciglia incolori nascondevano affatto i suoi occhi. Ma in quell'insieme fragile c'era una sicurezza sorprendente; non era agitata, non tremava; rispondeva senza la menoma esitazione.

Disse di chiamarsi Betty Lawrence, vedova Reed, di ventinove anni, cucitrice.

- Da quanto tempo siete vedova? - domandò il giudice.

- Da quattordici mesi.

- Come avvenne che vi trovaste la notte del 27 marzo nel recinto del cimitero coll'imputato Seth Reed?

- Eravamo saliti in cima al muro con una scala di corda, e l'avevamo scavalcato.

- E vi eravate introdotti nel sepolcreto della famiglia Blounty?

- Nossignore. Ho già dichiarato che non sapevo nulla della vedova Blounty.

- Sapete però che là era sepolta una vedova, mentre io vi ho detto il sepolcreto della famiglia Blounty.

A questa osservazione insidiosa l'imputata alzò per la prima volta il capo in atto di stupore, e fissando in volto al giudice due grandi occhioni d'un grigio scialbo, rispose:

- Non mi ha detto ieri, signore, che eravamo accusati d'aver rubato i gioielli della vedova Blounty? Ecco come so che si tratta di una vedova. Non si ricorda?

- Narrate per qual motivo vi eravate introdotta nel cimitero.

- Per tagliare la testa al mio povero marito.

- Perchè volevate tagliargli la testa?

- Era il suo testamento.

- Ma esiste questo testamento scritto?

- Nossignore, lo disse a voce.

- E c'erano testimoni quando espresse questo desiderio?

- Mi pare di sì. C'erano nella camera il dottor Wintry, che era venuto a visitarlo, ed il clergyman.

- E perchè quell'ultima volontà del defunto non l'avete eseguita a suo tempo?

- Credevo che fosse peccato tagliar la testa ad un morto.

- E l'andarla a tagliare un anno dopo, violando una tomba, non vi sembrava più un peccato?

- Questo, era la sua anima che m'aveva ordinato di farlo. Sapevo che la sua anima era in pena, ed era mio dovere di dargli pace.

- Non sapete fare un'esposizione seguìta dei fatti? Narrate tutto quanto vi è accaduto dalla morte di vostro marito fino al 27 marzo passato.

- Ho già narrato tutto negli altri interrogatori, signore.

- Non importa. Tornatelo a dire.

- Dopo la morte di mio marito, il cugino Seth, che prima veniva di rado, cominciò a farsi vedere più sovente a casa mia, e dopo pochi mesi mi domandò se volevo sposarlo. Ma io volli aspettare a rispondergli finchè fosse passato l'anno del lutto, per rispetto al defunto. Alla festa dei Magi deposi il bruno, ed allora Seth mi disse:

- Ebbene, cugina, ora è tempo di concludere.

Ed io dissi di sì. Ma bisognava lasciar passare i mesi dell'inverno, che sono quelli del maggior lavoro per me e per lui. Si decise di sposarci alla fine di marzo.

La casa di Seth è più grande della mia e più ariosa perchè è fuori della città, ed io dovevo lasciare l'alloggio ed andare a stabilirmi con lui. Ogni giorno quando avevo finito il mio lavoro, preparavo un po' di roba imballata, e la sera, quando Seth se ne andava, la portava a casa. Così si faceva lo sloggio senza spesa.

Una sera aprendo un armadio dove c'erano delle cose vecchie fuori d'uso, mi cadde sott'occhio una cassetta inchiodata, che il mio povero marito aveva portata a casa circa un mese prima della sua morte. Mi venne in mente che allora gli avevo domandato se avesse un tesoro in quella cassa: ed egli mi aveva risposto:

- Che! È roba del teatro. Anzi, tientelo bene a mente, Bess, se io venissi a morire, l'avresti a restituire.

- Ma la cassa è nostra - avevo detto io che la riconoscevo benissimo.

- Terrai la cassa - aveva soggiunto Tobie - e restituirai al Walnut-Theatre quello che c'è dentro.

Tutto questo m'era poi uscito di mente, ma al vedere la cassa, mi ricordai, e pensai subito di vuotarla e di restituire al teatro la roba sua.

Voltai la cassa da tutte le parti per vedere quale degli assi mi tornasse più comodo di sollevare; nel capovolgerla sentii un rumore come d'un orologio a sveglia... trrrrrr.....

- È un orologio, pensai. E feci per introdurre lo scalpello. Ma appena il rumore dell'orologio cessò, udii la voce del mio povero marito chiara, ma indebolita come quando aveva parlato l'ultima volta, ripetere le parole del suo testamento:

«Tagliatemi la testa.....»

Io non udii il seguito. Mi prese una paura orrenda; volli gridare, e mi mancò la voce, ed in un momento non vidi, non udii più nulla. Mi parve di morire.

Quando rinvenni, ero seduta in terra, e Seth mi stava accanto. Venendo per la sua solita visita, m'aveva trovata svenuta, e m'aveva soccorsa.

Gli narrai com'era andata la cosa, e gli dissi:

- Senti, Seth, l'anima del povero Tobie è in pena, e non avrà pace finchè non avremo adempiuto alla sua ultima volontà.

Seth non voleva credere, e diceva:

- Come vuoi che il povero Tobie stia in quella cassetta? Ci starebbe appena la sua testa.

Ed io sostenevo che era la sua anima. Fosse il tronco o la testa, che cosa importava? Lo spirito c'era; ed era lo spirito che aveva parlato.

Allora Seth cominciò a dire di aprire la scatola. Io non volli; mi sarei lasciata uccidere piuttosto che permettere una cosa simile; bisogna rispettare i segreti dei morti.

- Lasciamela soltanto osservare - disse Seth. - Se Iddio ha permesso che parlasse una volta, chi sa che lo permetta ancora; ed allora io crederò come te.

Prese la cassa in mano, e la voltò come avevo fatto io, guardandone le commessure. Ma appena l'ebbe capovolta, si udì subito il rumore dell'orologio, trrrrr..... e poi la voce del morto tornò a dire:

«Tagliatemi la testa, e portatela al teatro di Walnut-Street per fare il cranio nell'Amleto.»

Questa volta non svenni, ed udii tutto il discorso. Seth era pallido come un morto. Tremavamo tutti e due.

- Sì - disse Seth. - È vero. L'anima del defunto è in pena, e ci comanda di eseguire la sua ultima raccomandazione. Ma come si fa?

- Si va al cimitero, e gli si taglia la testa - dissi io. - Le volontà dei moribondi sono sacre; e noi abbiamo peccato, trascurando di obbedirgli.

Seth non si sentiva il coraggio di tagliare la testa ad un cadavere. Diceva che gli faceva ribrezzo; gli pareva una cosa orribile.

Io invece sentivo che non avrei esitato. Quando me l'aveva detto il moribondo, io pure avevo raccapricciato, e non avevo voluto neppure pensarci; ma ora che lo diceva il morto, non avevo altro desiderio che di obbedire, perchè i morti non parlano senza il volere del Signore.

- Io verrò con te - dissi a Seth. - Non ho paura quando si tratta di fare il mio dovere; ed in una cosa tanto sacra poi! Se ne avessi la forza materiale, come ne ho la forza d'animo, farei tutto io stessa.

Ma Seth non sapeva risolversi. Allora gli suggerii di dare qualche lira al sexton, perchè tagliasse la testa lui.

Egli è avvezzo a maneggiare i morti.

L'indomani al mattino Seth venne a prendermi. Andammo insieme al cimitero, e proponemmo al sexton la cosa. Era vecchio, ma forte; e poteva benissimo fare tutto come avrebbe fatto Seth se ne avesse avuto il coraggio.

Gli offrimmo una lira sterlina, poi due, poi tre; poi tutto il poco denaro che avevamo raggranellato fra tutti e due per le spese di nozze.

Ma fu inutile. Quell'uomo non volle saperne; e non solo ricusò di prestarci aiuto, ma anche di lasciar adempiere a noi quel sacro dovere.

- Diteci a chi dobbiamo ricorrere - domandai - ed otterremo il permesso.

Il sexton si mise a ridere; egli gridava:

- Il permesso di tagliare la testa ad un morto! Ma questa donna è pazza. Nessuno vi darà mai questo permesso.

Seth voleva rinunciare alla cosa. Diceva:

- Vedi bene che non si può.

Ma io avevo la mia risoluzione nel cuore, ed insistetti presso il becchino.

- Non c'è nessun mezzo per far questo? Io sono disposta a dare tutto quello che possiedo, ad espormi a qualunque pericolo. È l'ultima volontà d'un moribondo, il suo testamento. Io ho trascurato di obbedirlo, ed ora la sua anima è in pena, e forse non avrà più pace finchè non avremo eseguito quel comando. Il suo spirito è venuto a ripeterlo dopo un anno; lo abbiamo udito tutti e due. È un ordine del Signore. Aiutateci per carità.

E continuai a pregarlo per un pezzo.

Quell'uomo pareva pensare un modo di accontentarmi; pensava molto, e tratto tratto sorrideva tra sè. Finalmente domandò se fossimo veramente decisi a fare la cosa ad ogni costo; ed io risposi per tutti e due di sì; che eravamo sposi, ma che avevo giurato sulla Bibbia di non rimaritarmi finchè l'anima del povero Tobie non riposasse in pace. Allora egli disse:

- Miei cari, non c'è altro mezzo che scavalcare il muro di notte. Fate quello che credete. Ma io non vi apro, non vi aiuto e non vi consiglio. Io sono il sexton, ed il mio mestiere è di custodire i morti, non di decapitarli.

Quando fummo usciti, Seth mi disse:

- Quell'uomo non ha parlato chiaro perchè è legato dal suo impiego, ma è così che dobbiamo fare; l'ha fatto capire abbastanza; e dacchè l'ha fatto capire, vuol dire che è disposto a far finta di non avvedersi.

Io pensavo a quel progetto; ed ero risoluta ad adottarlo. Seth vedendomi preoccupata credette che esitassi e riprese:

- Però, il meglio sarebbe di rinunciarvi, portare la scatola al teatro e non pensarci più; se non avremo obbedito, non sarà stato per mancanza di buon volere.

Io stavo zitta; ma mi rinforzavo sempre più nel mio proposito; ed intanto Seth s'indeboliva nel suo, e cercava di dissuadermi: tornò a dire:

- D'altra parte quando porteremo quella testa al teatro sapranno tutti che l'avremo tagliata noi; e se è proibito.....

Allora mi sdegnai, e risposi:

- Da quando in qua è proibito eseguire le ultime volontà dei moribondi? Allora a cosa servirebbero i testamenti? Io ho giurato che finchè non avrò dato pace all'anima del mio povero marito, non mi rimariterò più, e nessuno toccherà più quella cassa; ed io stessa non avrò più un'ora di tranquillità, perchè la coscienza mi dice che quello è il mio dovere.

Seth finì per lasciarsi persuadere.

- Ebbene - disse - andiamoci questa notte, e facciamola finita.

Combinammo che io avrei lavorato al magazzeno. Ch'egli sarebbe venuto a prendermi dopo la giornata, avremmo pranzato fuori di città e poi saremmo andati nella notte al cimitero. Io non volevo rientrare in casa sola con quel rimorso sulla coscienza. Quella notte avevo creduto di morire dalla paura. Avevo anche le convulsioni; vedevo il morto, e tutta la stanza risuonava del suo grido:

«Tagliatemi la testa! Tagliatemi la testa!»

Si fece come s'era detto. Ma era una notte nuvolosa e scura; ci volle del tempo a scavalcare il muro; specialmente per me che non ero mai salita sopra una scala di corda, e tremavo tutta dalla paura. C'inoltrammo nei viali bui, per cercare la tomba del povero Tobie. Ma non avemmo il tempo di trovarla. Il sexton ci aveva ingannati, oppure nell'oscurità non riconobbe che eravamo noi, e ci credette due ladri; ci fece arrestare.

- A che ora siete entrati nel cimitero? - domandò il giudice.

- Dovevano essere le undici e mezzo, perchè alle undici ed un quarto eravamo giunti al recinto; e la scalata del muro e la ricerca della tomba ci occuparono un quarto d'ora circa.

- E foste arrestati appunto alle undici e mezzo?

- Sissignore.

- E persistete a dire di non aver adoperato vanga nè leva, e di non aver aperta nessuna tomba?

- Nessuna; non se n'ebbe il tempo, e forse non ci sarebbe neppure riuscito di trovare la tomba in quel buio. Non avevamo pensato a portare una lanterna.

- E non ci sarebbe il caso che, per errore, in causa dell'oscurità, aveste aperta la tomba della vedova Blounty invece dell'altra? - domandò il giudice con ironia.

- Noi non abbiamo aperta nessuna tomba.

- E sapete che in tutte le perquisizioni fatte in casa vostra e nella casa del nominato Seth Reed, non s'è trovato nulla di simile alla cassetta misteriosa che voi pretendete dotata di un linguaggio sovrannaturale?

- Signore, ho già detto che finchè l'ultima volontà del povero Tobie non sia adempiuta, nessuno dovrà toccare quella cassetta. Temevo che a Seth tornasse l'idea di aprirla, e la riposi la sera stessa in luogo sicuro.

- Badate che la serietà della legge non ammette questi prodigi e queste voci dell'altro mondo. Il non trovare la cassetta è una prova che non è mai esistita, e che tutte le vostre deposizioni sono false.

- Quanto ho detto è tutto vero. Quite quite true. La cassetta l'ha veduta ed udita anche Seth.

- Non avete altro testimonio da citare che il vostro complice?

- Nessun altro, eravamo soli.

- In tal caso, se non potete produrre la cassetta, la sua testimonianza non conta più della vostra.

- Io ho giurato sulla Bibbia che nessuno dovrà aprire quella cassetta finchè l'anima del povero Tobie non abbia pace; e neppure per giustificarmi non posso mancare ad un giuramento.

Nella seduta del pomeriggio furono interrogati il medico ed il clergyman che s'erano trovati presenti alla morte di Tobie Reed.

Il medico, Augustus Wintry, è un uomo di sessantatrè anni, d'aspetto nobile e buono. Egli crede al testamento del Reed, ma non l'ha udito dalla bocca del moribondo. Lo aveva visitato, ed aveva ordinata una pozione per rianimarlo. Un vicino di casa era corso dal farmacista; ma tardava a tornare, ed il medico s'era accostato alla finestra ed era rimasto a guardare giù nella via aspettando che tornasse l'uomo dalla medicina. La camera di Tobie Reed era stretta e lunga; il letto era dalla parte opposta alla finestra. Ad un tratto il teste aveva udito un rumore di voci; s'era voltato, ed aveva veduto che il ferito s'era rizzato a sedere sul letto ed aveva mormorato qualche parola; ma egli non aveva compreso nulla, e nel minuto che aveva impiegato a traversare la camera per accostarsi al letto, il moribondo era ricaduto sui guanciali ed agonizzava.

La Bess gli aveva detto subito:

- Oh mio Dio! Mio Dio! egli delira!

Più tardi, pochi minuti dopo la morte di Tobie, ella aveva raccontata al medico la raccomandazione del moribondo, e di nuovo aveva detto:

- Ma era un delirio! Non è vero, dottore, che il delirio gli faceva pensare quella mostruosità?

Il teste aveva affermato che infatti poteva essere stato l'effetto d'un momento di vaneggiamento.

Il giudice gli domandò se credeva che realmente il moribondo avesse dette quelle parole strane. Egli rispose con sicurezza:

- Ripeto che non le ho udite. Ma l'imputata era troppo impressionata nel riferire il legato del marito perchè io possa supporre che mentisse. E d'altra parte la morte del Reed avveniva in un modo ed in un momento affatto impreveduti. Come mai quella donna, in un'ora di sorpresa come quella, avrebbe potuto improvvisare a sangue freddo un piano di furto da eseguirsi poi nel cimitero, e pensare a stabilire quel precedente d'un legato supposto e trasgredito, per fornire più tardi una scusa alla difesa nel caso che il furto fosse poi stato scoperto, e ne fosse risultato un processo? Sarebbe attribuirle una fertilità d'immaginazione e una perfidia, di cui non ha mai dato prova.

Il clergyman Jeoffrey Treden, giovane magro ed austero, di trent'anni appena, dichiara egli pure di non aver udite le parole del moribondo. Questi aveva cessato appunto di parlare quando il teste s'era presentato alla soglia della camera per confortarlo negli ultimi momenti. Era giunto al letto del malato nel tempo stesso in cui vi giungeva il medico, ed aveva udita la Bess domandargli se non credeva che quella raccomandazione fosse effetto di delirio. Il teste conferma la dichiarazione del dottor Wintry, circa l'agitazione e l'apparenza di sincerità con cui aveva parlato l'imputata. Non era credibile che mentisse. Più tardi la Bess e Seth Reed, l'avevano preso a parte mentre egli usciva, e gli avevano domandato se credesse che in coscienza fossero obbligati a tagliare la testa al defunto. Egli aveva risposto che sarebbe stata una profanazione. Non credeva che il moribondo fosse stato in possesso delle sue facoltà mentali quando aveva espresso quel desiderio.

- E come spiega lei - domandò il giudice - la dichiarazione degli imputati che il morto stesso, dopo un anno, abbia parlato ripetutamente in una scatola per rinnovare quell'ordine trasgredito?

- Io non lo spiego - rispose severamente il teste. - La cosa è incredibile ed impossibile. La religione stessa ci vieta di prestar fede a queste storie di spiriti.

- Crede dunque che gl'imputati siano allucinati? O, come dice l'onorevole avvocato della difesa, in istato di unsound mind (di mente malferma)?

- Le loro deposizioni lo farebbero supporre. I loro precedenti no. Furono sempre operai onesti, tranquilli e religiosi. L'imputata specialmente è ferventemente religiosa. Ma non ha mai date prove di esaltazioni superstiziose. Del resto questo punto non mi riguarda. È la scienza che potrà deciderlo.

Il giudice si rivolse alla Bess.

- Imputata, avete udito? I soli testimoni che avete invocati negano d'aver udita la raccomandazione del moribondo Tobie Reed.

- Credevo che l'avessero udita perchè erano nella camera - rispose la Bess colla tranquillità di chi riconosce di essere caduta in un errore, ma non ci attribuisce importanza.

L'ultimo testimone interrogato fu il custode del cimitero; un uomo sui cinquant'anni circa, robusto, acceso in volto; un atleta con un viso da ipocrita ed un ridere volpino, che alla prima riescì repulsivo. Il nome inglese sexton non dice nulla; ma il nostro beccamorti gli si attaglia a perfezione. L'espressione d'avidità che traspira dal suo sguardo acuto, dal naso adunco, dà proprio l'idea che debba beccarli quei poveri morti per portarseli via.

Interrogato sulla visita che gli avevano fatta gl'imputati, confermò le loro deposizioni poi soggiunse:

- Io non avevo creduto alla storia del testamento e dell'anima che parlava nella cassa chiusa. Sono venti anni che sto a custodire i morti chiusi nelle casse, e so che quando sono là dentro non parlano più; figurarsi poi quando non ci sono! Ho capito che volevano rubare i diamanti della vedova Blounty. Tutti i ladri debbono pensare a quei diamanti, ed io dormo sempre da un occhio solo, dacchè sono là sepolti.

- Gli imputati - osservò il giudice - pretendono che voi stesso abbiate indirettamente suggerito il progetto d'introdursi nel cimitero di notte per mutilare il cadavere.

- È vero. Avevo detto quelle parole appunto per attirarli nell'agguato. Perchè dalle loro chiacchiere avevo capito che erano ladri, ed i ladri è bene metterli al sicuro.

- E come mai, essendo quasi certo che sarebbero venuti quella notte, siete rimasto solo nella vostra casa, ed avete lasciato loro il tempo, che dev'essere stato più d'un ora, per compiere il furto?

- Sapevo di trovare i roundsmen alla birraria vicina, dove li ho trovati infatti. Credevo di poter udire i ladri al primo avvicinarsi, e di farli arrestare prima che potessero far nulla. Ma sono vecchio. Il mio orecchio non è più tanto fino come una volta. Ho udito troppo tardi; debbono essere entrati nel cimitero alle dieci; ma io li ho uditi soltanto alle undici e un quarto. Nel tempo che ho impiegato a chiamare i policemen, non più di sette od otto minuti, pare che il terzo ladro sia fuggito col bottino.

L'avvocato della difesa si alzò per osservare che, se per compiere il furto si era dovuto impiegare più d'un'ora, come avevano dichiarato i periti, e come confermava il sexton, sarebbe bastato provare che un'ora prima dell'arresto gl'imputati non erano al cimitero, per dimostrare che gli autori del furto non erano essi.

Il giudice aderì ad interrogare gl'imputati.

- Dove siete stati dalle nove e mezzo fino alle undici e mezzo circa, quando foste arrestati? Rispondete, imputato Reed.

- Abbiamo fatto una lunga passeggiata perchè la Bess aveva paura a rientrare nella sua casa.

- Potete citare qualcheduno che vi abbia veduti durante quella passeggiata?

- No. Siamo usciti dalla città per non incontrare nessuno, perchè eravamo agitati dal fatto che stavamo per compiere; e di questa stagione non c'è molta gente che passeggi fuori di città.

- Ed avete fatto quella lunga passeggiata portando sempre le vanghe e le leve colle quali foste arrestati?

- No. La mia casa è fuori di città, appunto dalla parte del cimitero. Alle undici andammo a casa a prendere gli stromenti che avevo preparati là. Avevo la chiave e salii io solo.

- E non potete citare un inquilino, che vi abbia udito o veduto?

- Non c'è nella casa che un altro inquilino; è un garzone della birraria, e rientra sempre tardissimo. A quell'ora era fuori.

Pareva che gli imputati lo facessero apposta a sventare tutti gli appigli a cui la difesa si aggrappava.

L'indomani s'aprì la seduta col discorso del People's counsel, il quale, dopo avere brevemente riassunti i fatti, concluse che i due imputati, sorpresi nel cimitero, non avevano trovato altro argomento da addurre in loro difesa, fuorchè una storia affatto improbabile di spiriti e d'anime in pena, a cui la serietà della legge non poteva dare importanza.

Al tempo stesso, e precisamente dopo l'intrusione e l'arresto degli imputati nel recinto del cimitero, una tomba era stata aperta e depredata di immense ricchezze. Questa coincidenza pesava inesorabilmente sugli imputati.

Quando anche essi avessero potuto produrre la scatola misteriosa, e farle ripetere dinanzi al tribunale il suo mostruoso comando, non avrebbero provato ancora la loro innocenza. Come mai, mentre essi affermavano di non aver mirato che alla tomba dell'alienato Tobie Reed, questa era rimasta intatta e quella violata era un'altra? Dunque dovevano esserci stati altri profanatori di tombe in quella medesima notte nel recinto del cimitero. Eppure gl'imputati affermavano di non aver veduto alcuno, di non essersi accorti in verun modo della presenza di altre persone nel cimitero, finchè non erano risuonate le grida del sexton e dei roundsmen. Era facile, diceva l'oratore, spiegare la cosa. Gli imputati non avevano avvertita la presenza di altri profanatori, perchè il solo che vi fosse era con loro, era il loro complice, fuggito coi gioielli.

La tomba del Reed era rimasta intatta perchè nessuno attentava alla sua povera salma ignuda, e le ricche spoglie della vedova Blounty erano scomparse perchè tutto quel complotto era stato montato per riescire ad impadronirsi di quelle ricchezze. Ed infatti gli imputati non avevano potuto provare di non essersi introdotti nel cimitero un'ora od anche più, prima del tempo che avevano indicato. Secondo le deposizioni, avevano fatto una passeggiata talmente solitaria da non essere veduti da nessuno, erano rientrati a prendere le vanghe e le leve in una casa tanto deserta, da non essere uditi da nessuno. Non era cosa abbastanza strana, e non riesciva più facile supporre che nessuno li avesse veduti, nè uditi dopo le dieci di sera, perchè già a quell'ora, erano occupati nel cimitero a commettere il doppio delitto di profanazione e di furto?

Sebbene nè il dottor Wintry, nè il reverendo Jeoffrey Treden, i soli testimoni citati dall'imputata, non avessero udito il testamento di Tobie Reed, il giudice non voleva supporre che quel testamento fosse stato inventato dai colpevoli un anno prima, in previsione del furto. Ammetteva che il testamento fosse vero; faceva più; ammetteva che alla morte di Tobie Reed la vedova ed il cugino di lui non pensassero ancora a commettere un furto nel cimitero.

Ma più tardi quando avevano combinato quel piano colpevole, avevano pensato di valersi del testamento del povero maniaco, per giustificare la loro presenza nel cimitero in caso d'arresto, e per questo avevano cominciato quattordici mesi dopo, a dare un'importanza postuma a quel legato, che prima avevano considerato come una follia.

Ed infatti, per stabilire meglio che quello era il loro movente e non il furto, erano andati a parlarne con finta ingenuità al sexton; a quel modo credevano di prepararsi un testimonio in loro favore.

Ma violare una tomba era sempre un delitto, qualunque ne fosse il motivo. Ed essi avevano pensato, nella loro superstiziosa ignoranza di declinare la responsabilità di quel fatto, inventando un ordine soprannaturale a cui obbedivano per sentimento religioso.

Sgraziatamente per loro, soggiungeva ironicamente l'oratore, avevano commesso l'imprudenza di collocare l'anima del trapassato che parlava ai superstiti, in una cassetta inchiodata; e la scomparsa della cassetta deponeva contro la loro asserzione. Perchè non lasciarlo libero quello spirito, ora che era sciolto dal suo involucro mortale? Almeno avrebbe potuto perdersi nell'immensità dello spazio, senza che la giustizia umana, indiscreta, gli domandasse conto della cassa che l'aveva ospitato durante i suoi miracolosi responsi.

L'avvocato Thomas Doulton prese la parola in difesa degli imputati. La sua arringa si appoggiò tutta sulla irresponsabilità - unsound mind - dei due colpevoli. Negò il furto. Ricordò ai signori giurati che non si poteva condannarli per furto dacchè non c'erano le prove. La coincidenza di tempo fra il loro arresto e la violazione della tomba Blounty, gli strumenti che essi portavano, non potevano considerarsi come prove del furto. Erano prove dell'intenzione di violare una tomba; e questa gli imputati la confessavano. Ma erano due allucinati. Avevano creduto di udir parlare un morto. La cosa non era nuova. Molti fanatici, molti estatici avevano provati fenomeni simili.

Quella donna alla morte del marito era stata impressionata da quel testamento atroce. Era religiosa fino allo scrupolo. Alla prima, combattuta tra il dovere di obbedire alla volontà di un moribondo, e la paura di commettere un peccato mutilandone il cadavere, aveva finito per cedere alla paura religiosa, e trascurare il legato. Ma più tardi la coscienza aveva cominciato a rimproverarle quell'ommissione. S'era fissata su quel pensiero, e man mano s'era esaltata fino al delirio. Rivedendo un oggetto, che aveva ricevuto in deposito dal marito defunto, l'esaltazione del suo spirito era aumentata fino a credere di udire il morto ripetere l'ordine in quella cassa il comando che lei aveva trasgredito. Sotto l'impressione d'un'allucinazione paurosa era svenuta, e, sorpresa dal fidanzato in quello stato, le era stato facile influenzare quel giovane solitario ed ignorante, il quale aveva partecipato del suo delirio. Questa era la loro storia. Quanto al furto, nulla provava che la tomba della famiglia Blounty fosse stata derubata appunto in quella notte. Forse era stata spogliata molto tempo prima, quando l'impressione prodotta del testamento della ricca vedova era ancora viva, e la popolazione ne parlava, e le cupidigie ne erano eccitate. Il sexton non se ne era accorto prima, ed aveva scoperto il furto quella notte soltanto, messo in sospetto dalla presenza dei due imputati nel cimitero.

La difesa riuscì debole. L'allucinazione sarebbe stata ammissibile, ma la scomparsa della cassa, la coincidenza del furto la rendevano meno credibile; e la perizia medica non trovava nessun segno d'alienazione negli imputati.

D'altra parte il People's counsel, in una controrisposta all'avvocato Doulton, ricordò che gli eredi Blounty andavano quasi giornalmente a visitare la tomba della sorella, ed avevano dichiarato di non aver mai notato il menomo segno che potesse far sospettare una violazione. La deposizione del sexton aveva confermate le stesse cose.

Il pubblico era impressionato dalla evidenza dei fatti, e la fermezza degli imputati invece di interessarlo in loro favore lo irritava. Quando è stato commesso un delitto, ciascun individuo si sente in diritto di esigere la scoperta e la punizione del colpevole. L'istinto della sicurezza personale, l'amore della proprietà lo fanno insorgere contro quel suo simile che è una minaccia continua alla sua pace.

Non c'era da sperare nella risposta negativa d'un giurato. Era quasi certo che il verdetto di colpabilità riuscirebbe coll'unanimità richiesta dalla legge.

Il Supreme Judge prima di proporre i quesiti ai giurati si rivolse agli imputati e domandò:

- Imputati, avete nulla da aggiungere in vostra difesa?

Le risposte furono simultanee, ma diverse. La Bess crollò il capo e disse:

- No. Ho detto tutto, e quello che ho detto è vero; sono innocente del furto.

Seth Reed invece, pallido, agitatissimo, gridò:

- The box! The box! Oh pray; bring the box! La cassa, la cassa; oh, ve ne prego! Portate la cassa!

Questo grido disperato dell'uomo sorprese non solo il pubblico, ma anche l'accusa e la difesa. Era nella convinzione di tutti che la storia della cassa fosse una frottola volgare, inventata dai complici di comune accordo. Ora l'udire che uno di essi ci credeva, e reclamava quella cassa come un ultimo argomento di difesa, indeboliva tutte le supposizioni fatte fin allora.

Lo stesso People's counsel, che non aveva mai dubitato un momento della simulazione dei due colpevoli, fu scosso, e pensò che forse la donna sola aveva ordito tutto l'inganno, ed era riuscita realmente a far credere a quell'uomo ignorante, che uno spirito d'oltre tomba comandava loro d'introdursi di notte nel cimitero. Egli manifestò questo dubbio rivolgendo la parola alla Bess.

- Imputata - le disse - voi udite; il vostro complice invoca che venga prodotta la cassetta misteriosa; egli ci crede; se voi pure ci credeste, potreste esitare a dirci dove si trova? Potreste lasciar condannare voi ed il vostro complice, senza tentare quest'unico mezzo per provare che, in parte almeno, siete stati in buona fede?

- Io credo che la scatola ha parlato - disse la donna. - Lo credo come credo a Dio. Ma ho giurato di non lasciare che alcuno vi porti la mano profana, finchè l'anima del povero Tobie Reed non abbia ricuperata la pace nella sua tomba.

- Sapete che, persistendo in questo silenzio, potreste essere condannata a morte?

La povera creatura, da pallida che era, si fece livida. La colse un tremito convulso; si guardò intorno smarrita, come per invocare soccorso; poi si nascose il volto fra le mani, e singhiozzò disperatamente. Non era un'eroina; non era neppure una donna forte; la morte le faceva una paura orribile.

Il giudice, vedendola in quello stato, le rivolse egli pure la parola:

- Voi avete diritto di trascurare per voi stessa, forse, quell'ultimo argomento di difesa; ma in coscienza non potete ricusare di addurlo per salvare la vita del vostro complice. Foste voi che lo traeste alla colpa; non farete tutto quanto sta in voi per difenderlo?

- Ho giurato - rispose la povera creatura, singhiozzando sempre.

- Ma non pensate che se egli sarà condannato, e se voi credete che quella testimonianza possa avere un valore per attenuare almeno la sentenza, la vostra coscienza vi rimorderà nei vostri ultimi momenti, e, morendo con lui, avrete sulla coscienza, oltre al vostro delitto, anche la sua morte?

- Oh, mio Dio! mio Dio! - gridava la Bess, piangendo. - Chi mi scioglie da quel giuramento?

- A chi avete giurato? - domandò il giudice.

- A Dio. Era quella sera orrenda. Seth era partito. Io ero sola, ed in preda di una paura atroce. Avevo paura della cassa; avevo paura del mio stesso progetto d'andare l'indomani dal sexton per far tagliare la testa al morto. Allora presi la Bibbia, cercai il libro di Tobia; perchè il povero morto si chiamava anch'esso Tobia, e pensai nel mio cuore: «Il primo versetto che mi verrà sott'occhio, aprendo la pagina, mi dirà quello che debbo fare, e lo farò». Apersi la Bibbia colla mente rivolta a Dio, e col proponimento fermo, e lessi subito:

«Ma Tobia, temendo più Dio che il re, involava i corpi dei morti, e li nascondeva in casa sua, e nel mezzo della notte li seppelliva».

Era chiaro; Dio voleva ch'io facessi come Tobia temendo più il suo ordine divino che le leggi umane. Fu allora che mi proposi di fare ad ogni costo quanto mi aveva comandato la voce del morto; ed affinchè nè Seth nè altri potesse persuadermi del contrario, mi obbligai con un giuramento. Posi una mano sulla Bibbia e dissi forte:

«Giuro che lo farò; e, finchè lo spirito mi ha parlato in essa, non abbia trovato la pace eterna nessuno aprirà questa cassa.»

E poi, pensando che Seth avrebbe potuto cercare ancora di aprirla, per evitare ogni controversia, la nascosi in luogo sicuro.

Il giudice ascoltava l'imputata con un'attenzione che tradiva una certa deferenza. Egli cominciava a vedere qualche cosa di ideale in quei due popolani che aveva creduto dapprima due ladri volgari. Forse non era più così profondamente convinto della loro colpabilità, e si insinuava nel suo spirito la persuasione che l'ignoranza, la superstizione, un sentimento religioso esaltato, avevano potuto avere una gran parte nei fatti per cui quei due giovani erano processati.

Come quasi tutti gli Americani, il giudice non aveva una fede molto profonda nella missione divina e nelle facoltà divine dei sacerdoti. Ma gli premeva di indurre la Bess a produrre quella cassa che aveva potuto esercitare un'influenza così grande su lei e sul suo fidanzato, e per questo secondò i suoi scrupoli religiosi.

- In una circostanza tanto grave - le disse - in cui si tratta della vita d'un uomo, io credo fermamente che la Chiesa possa sciogliervi dal giuramento che avete fatto.

- Chi me lo assicura? - domandò la Bess agitatissima, evidentemente combattuta tra il desiderio di giustificarsi e la paura di commettere un peccato enorme, com'era ai suoi occhi quello spergiuro.

- Un sacerdote potrebbe assicurarvene. Non c'è un clergyman in cui abbiate fede?

- Oh sì! Il reverendo Jeoffrey Treden - rispose la Bess. - Ma vorrei essere sola con lui; e che nessuno gli parlasse prima; che nessuno lo influenzasse.

- Se avete fede in lui, non dovete credere che sia possibile influenzarlo. Del resto, la legge non si serve di mezzi che non siano onesti - osservò il giudice severamente.

- Io non ho voluto alludere alla legge - disse l'imputata esitando; ed i suoi occhi si volgevano con diffidenza a Seth.

Era chiaro che non era punto innamorata del suo sposo. Forse gli aveva portato quel tanto di affetto di cui era capace il suo cuore. Ma in lei il sentimento religioso era il solo capace di un grande sviluppo; in quella creatura, apparentemente delicata e fredda, c'era la stoffa di cui si fanno le martiri. Calma ed insignificante nelle circostanze normali, quando nulla si frapponeva fra lei ed i suoi doveri religiosi, aveva dimostrato, davanti ai primi ostacoli, che poteva calpestare ogni sentimento umano, ogni umana legge, quando credeva di doverlo fare per obbedire al Signore. Parlava di mutilare un cadavere, come di leggere un versetto della Bibbia. Non aveva esitato a scalare un muro, di notte, a mettersi in contravvenzione colle leggi, ad affrontare pericoli d'ogni sorta, ed a trascinarvi lo sposo con sè. Lo avrebbe lasciato condannare per non violare un giuramento che considerava sacro; ed ora aderiva a consultare un sacerdote, perchè la spaventava l'idea d'una colpa maggiore, d'un peggiore rimorso, lasciando condannare un innocente. Ma la passione umana, l'amore, non aveva grande influenza sopra di lei. La religione la dominava. Se il sacerdote le avesse detto: «ad ogni costo dovete serbare il giuramento», avrebbe sofferto senza dubbio, avrebbe pianto e pregato per lui, ma avrebbe abbandonato Seth alla giustizia, e sè stessa con lui.

Per buona sorte, il sacerdote era un uomo rigido, che biasimava i giuramenti audaci, e tutto quanto tendeva al fanatismo. Le rimproverò quell'atto che non considerò come religioso; le disse che doveva parlare in omaggio alla verità, se credeva che la sua rivelazione potesse salvare la vita e provare l'innocenza di Seth. Le rimproverò pure la sua ostinazione a credere che uno spirito le avesse parlato; era superstizione ed orgoglio. Come poteva supporsi tanto privilegiata da Dio, perchè s'avesse a rinnovare per lui un miracolo che appena era avvenuto per i più grandi profeti?

Tra la seduta del mattino e quella del pomeriggio, il clergyman s'intrattenne sempre coll'imputata, la quale si lasciò convincere facilmente, perchè non aveva altre idee, nè altri principî fuorchè quello di fare tutto quanto la religione le comandava, e di farlo ad ogni costo.

Dacchè il sacerdote le diceva che era suo dovere produrre la cassa misteriosa davanti al tribunale, ella confessò d'averla sepolta in un angolo del suo cortile, sotto un grosso vaso di fiori, che aveva rimesso a posto per nascondere che il terreno era stato smosso.

Lo stesso clergyman accompagnò i policemen che furono mandati alla casa dell'imputata, ed assistè all'operazione perchè la cassa fosse disotterrata e portata in tribunale senza che le venisse data la menoma scossa.

Quando si riaperse la seduta, alle due del pomeriggio, la cassetta famosa che aveva inspirati tanti dubbi, tante discussioni, era là, chiusa, come l'avevano descritta gl'imputati.

Il giudice li interrogò uno dopo l'altra se riconoscevano la cassetta da cui dichiaravano essere uscita la voce del defunto.

Sì; entrambi la riconoscevano.

- E quale movimento avevate fatto colla cassa quando udiste parlare?

- L'avevo capovolta per vedere da che parte si aprisse; udii subito un rumore come d'un orologio a sveglia; e poi il rumore cessò ed udii la voce del morto.

Questa risposta la diede Seth, che aveva acquistata un po' d'energia dalla presenza di quel testimonio da cui sperava la sua giustificazione. Quanto alla Bess invece era abbattuta. Le lotte interne, le paure della coscienza scrupolosa, avevano paralizzato il suo coraggio. Ella aveva desiderato che, se si avesse ad aprire o maneggiare la cassa, non dovesse farlo altri che il clergyman. Per mano di quella persona sacra, le pareva che la profanazione dovesse riuscire meno grave.

Per non agitarla maggiormente, il giudice e l'avvocato dell'accusa avevano aderito a quella preghiera.

Fu dunque al reverendo Jeoffrey Treden che il giudice si rivolse invitandolo a capovolgere la cassa.

Regnava il più alto silenzio. La curiosità del pubblico era eccitata al sommo grado. Gli imputati erano convulsi; una, pallida, impaurita; l'altro, ansioso, cogli occhi sbarrati ed il volto proteso verso quest'ultima speranza.

Appena il clergyman capovolse la cassa si udì il trrrrr prolungato che aveva descritto la Bess, ed immediatamente seguì la voce fioca, sepolcrale, pronunciando distintamente, come in un singhiozzo da agonizzante, che ne mozzava le consonanti, l'orribile testamento:

«Tagliatemi la testa, e portatela al teatro di Walnut Street per fare il cranio nell'Amleto.»

Un grido, terribile come un urlo, non interruppe la frase, ma sorse a coprirne le ultime parole. Quel grido pauroso era partito dal fondo della sala.

Un uomo era stato colto da terrore, e si dibatteva in un accesso di convulsioni. Fu portato fuori; il silenzio si ristabilì lentamente. Tutti avevano qualche cosa da dire. La parte colta del pubblico aveva riconosciuto la voce di un fonografo.

Il giudice, i giurati sorridevano ironicamente. Tutto si spiegava. Gli imputati avevano messo essi stessi il fonografo nella scatola per accreditare la loro fiaba. Era un inganno volgare e stupido. Il pubblico era offeso, e l'avvocato Doulton si sentiva scoraggiato. Non era più possibile sostenere l'irresponsabilità degli accusati. Essi sapevano cosa c'era nella scatola, essi avevano ordita quella sciocca trama, ed avevano recitata la commedia dell'allucinazione.

Fu aperta la cassa, ed infatti se ne cavò fuori un piccolo fonografo a manubrio.

Sul volto degl'imputati si dipinse il più profondo stupore. Erano due commedianti di prima forza. Udii qualcuno accanto a me che diceva:

- Quel povero Tobie Reed che si disperava di non saper fare la commedia! Se fosse vivo, potrebbe consolarsene facendo recitare sua moglie.

- Conoscete questa macchina, imputata Bess Reed? - domandò il giudice.

- Sì - rispose la Bess - è una macchina da cucire.

- Voi siete cucitrice; di macchine di questo genere dovete intendervi. Saprete dirmi come s'adopera?

- No. È un sistema che non conosco.

Il giudice si rivolse a Seth:

- Imputato, conoscete questa macchina?

- Nossignore.

- Credete che sia una macchina da cucire?

- Può darsi; non me ne intendo.

- Non avete mai veduto un fonografo?

A questa domanda Seth rispose semplicemente di no, come uno che non capisce di cosa gli si parli. Ma la Bess sussultò, ed alzò il capo come ad un improviso ricordarsi; ed impulsivamente, senza essere interrogata, esclamò picchiandosi colla mano la fronte:

- Ah! il fonografo! La macchina che parla!

- Imputata, voi conoscete il fonografo dunque - disse il giudice.

- Sì. Me ne aveva parlato tanto il mio povero marito.

- E vi aveva mostrato questo? E voi l'avete posto in questa cassa?

- Nossignore. Me ne aveva parlato soltanto. Non mi conduceva mai al teatro; non ne avevo mai veduti. Oh mio Dio! Non era uno spirito; era una macchina che parlava!

- E voi ne siete sorpresa? Non lo sapevate? domandò il giudice con ironia.

- Non l'avrei mai pensato. Avevo dimenticato quei discorsi della macchina. Come potevo immaginarmi?......

- E secondo le vostre deposizioni questa macchina apparterrebbe al teatro di Walnut-Street?

- Sì; quando il povero Tobie portò a casa la cassetta chiusa mi disse che quanto conteneva era del teatro, e che avessi a restituirlo alla sua morte.

Il giudice diede un ordine perchè venisse condotto all'udienza il proprietario del Walnut-Theatre. Intanto l'avvocato Doulton prese la parola:

- È evidente che si attribuisce agli imputati l'astuzia d'essersi serviti di un fonografo per dar colore di verità alle loro affermazioni sorprendenti. Ma io vorrei che fosse chiamato il rappresentante del signor Edison, perchè esamini la macchina, e riconosca, se è possibile, da quanto tempo la lastra di stagno ha ricevute le impressioni. E se non basta, chiunque ha conosciuto da vicino il defunto Tobie Reed potrà giudicare dell'identità della voce. Intanto è facile riconoscere che quella non è la voce di nessuno degl'imputati; ed è cosa molto probabile che il povero maniaco, impressionato dalla scoperta meravigliosa del signor Edison, abbia voluto servirsene per rammentare ai superstiti la sua ultima volontà. È più probabile senza dubbio, di quanto si è mostrato qui di supporre, che due giovani ignoranti, che non s'interessano punto ai trovati della scienza, abbiano potuto farsene argomento d'una mistificazione puerile, che certo non avrebbe potuto ingannare la maestà della giustizia.

Il giudice non ebbe il tempo di rispondere perchè fu introdotto il proprietario del Walnut-Theatre, e quasi subito dopo sopraggiunse il rappresentante della casa Edison.

Informato della scoperta fatta aprendo la cassetta, e delle deposizioni degli imputati, il proprietario del teatro rispose, - che infatti, appunto un mese prima della morte del Reed, al momento di ritirare le sue macchine dopo gli esperimenti, il signor Edison, s'era lagnato della scomparsa di un piccolo fonografo. Forse il povero Tobie, che se ne era appassionato e che passava lunghe ore a contemplare quei prodigi, in un momento di pazzia se ne era impadronito. Il teste non aveva sospettato lui, perchè lo sapeva onestissimo.

Il giudice interrogò il rappresentante della casa Edison:

- Riconoscete questo fonografo?

- Sì; è uno di quelli che avevamo in deposito e che abbiamo trasportati al Walnut-Theatre l'anno scorso all'epoca degli esperimenti. Quando li ritirammo ne mancava uno.

- Potrebbe ella dirci, esaminando il fonografo, da quanto tempo il foglio di stagnola ha ricevuto le impressioni della voce?

L'interrogato crollò il capo in atto di dubbio, e si pose ad osservare la macchina.

In quella accadde un movimento alla porta. Un signore si affacciò, acceso in volto, affannato. Voleva essere ammesso a parlare al tribunale. I policemen lo trattennero, ed uno di essi venne a dire al giudice che il dottor Wintry aveva una comunicazione importante da fare. Il giudice lo fece venire, e gli accordò la parola. Egli disse, parlando con un'agitazione che alla sua età aveva qualche cosa di solenne:

- La verità si è fatta chiara da sè. Gli imputati sono ignoranti, fanatici, ma sono innocenti del furto. Al principio della seduta, quando il fonografo ripetè il testamento del maniaco Tobie Reed, un uomo mise un grido e cadde in convulsioni atroci laggiù presso la porta. Dacchè durano i dibattimenti avevo sempre osservato quell'individuo dalla fisonomia volpina. Mi era antipatico, e m'inspirava dei sospetti. Quando l'udii mettere quel grido, riconobbi il grido del rimorso, della coscienza colpevole impaurita. Nella mia lunga carriera medica, mi accadde più d'una volta di assistere nelle ultime ore uomini che, integri in faccia al mondo, avevano la coscienza tribolata da rimorsi atroci; le loro paure deliranti, erano ritratte nella convulsione ignobile di quell'uomo. M'affrettai ad assisterlo. Lo feci portare all'ospedale, me gli posi accanto; appena la convulsione gli permise di parlare, balzò a sedere sul letto, e domandò tremando:

- Il morto ha detto tutto?

- Tutto - risposi.

- Ah mio Dio! - urlò il miserabile - mi condanneranno a morte, mi impiccheranno...

La convulsione lo riprendeva violenta a quell'idea paurosa, ma la mente rimaneva libera. Era in grado di parlare, e bisognava indurlo a dire la verità.

- Potreste trovare indulgenza nei vostri giudici - gli dissi - se confessaste la vostra colpa sinceramente, e senza restrizioni.

- Ma non ha detto tutto il morto? - domandò con diffidenza.

- Sì. Ha detto che voi avete rubato i gioielli della vedova Blounty.

- Oh mio Dio! Mio Dio! - esclamò picchiandosi il petto. - È vero! Io non credeva che i morti potessero sorgere dalla tomba per accusarmi.

- Dovete dire se avevate altri complici.

- No; per amor del cielo, ch'io non mi metta altri delitti sulla coscienza. Era un anno che ambivo quel tesoro e non osavo portarci la mano per paura che mi scoprissero. Il primo sospettato sarei stato io. Quando vidi quei due idioti, ed udii la loro stupida storia del morto, pensai di profittare della loro intrusione nel cimitero per farli credere colpevoli del furto. Mi premunii degli strumenti; ero coraggioso e forte e non credevo che i morti parlassero; non credevo in Dio; non credevo nell'altra vita; li avevo sempre visti così insensibili e muti i cadaveri degli uomini....

- E quando essi furono arrestati voi solo apriste la tomba?

- Ci volle una grande fatica. Lavorai fino all'alba; dopo aver spogliato il cadavere e rimesso a posto il marmo esterno, seppellii i gioielli in un'altra fossa perchè non venissero scoperti in casa mia; poi corsi ad avvisare la polizia; e tutto sarebbe passato liscio, e, finito il processo, sarei andato lontano, avrei venduto tutto, avrei vissuto i miei ultimi anni nell'agiatezza. Ah! ma i morti parlano; io non sapevo che i morti potessero sorgere per accusarmi.

- Il suo stato è gravissimo - soggiunse il medico - e difficilmente potrà ricuperarsi. È disposto a dettare la sua deposizione. Ora spetta al tribunale raccoglierla legalmente, e render giustizia agli innocenti. Quell'uomo, quel miserabile, è Dionisius Ramble, il sexton.

Così finì quello strano processo.

I due fidanzati furono severamente ammoniti per il tentativo di violazione di tombe, ma considerata la loro superstiziosa ignoranza, che il prodigio del fonografo aveva esaltata, furono assolti.

Il colpevole non ebbe tempo a subire la sua pena. Poco dopo la confessione la paralisi gli tolse la parola, ed in pochi giorni morì.

Eccoti la Storia, e questa volta finita davvero, mia cara marchesa. Metto qui i miei saluti in fretta perchè sono stanca.

Tua di cuore

MARIA T.

Riescivo bene nella composizione, ed i miei compagni del collegio militare erano convinti che sarei diventato un grande scrittore.

Io però della poesia amavo sopra tutto quella epica, e la mia ambizione era d'essere un eroe. Tutte le manifestazioni della forza fisica mi entusiasmavano.

Da piccino m'ero fatto un idolo di Davide per il suo duello con Golia; e poi, a poco a poco, a quell'idolo troppo piccolo se n'era sostituito nell'animo mio uno colossale: Sansone, che atterrava un intero esercito colla mascella d'un asino. A dir vero non mi riesciva d'immaginarmi esattamente che cosa fosse quella mascella; se era l'osso della mandibola, oppure la parte carnosa che lo copre. Ma ad ogni modo era sorprendente che con quell'arma disadatta e difficile a maneggiare, Sansone avesse operato quei portenti di valore.

Col tempo però divenni infedele anche a Sansone; vennero gli eroi d'Omero, Orlando, poi tutti i cavalieri del medio evo, ed i guerrieri moderni, ed i miei idoli si chiamarono legione.

Tutti i miei sogni erano sogni di gloria.

Essere al campo, udire un generale parlare d'un dispaccio importante, d'una missione perigliosa, d'un'esplorazione nel campo nemico e farmi innanzi calmo ed ardito:

- La farò io!

E poi partire solo, di notte; essere assalito, combattere e salvare le carte affidate a me, a costo d'ingoiarle; vincere o morire.

Ma il morire era l'ipotesi meno frequente delle mie epopee immaginarie. Tornavo sempre glorioso. Avevo ucciso una quantità di nemici, avevo disperso un intero drappello, avevo salvata la vita a qualche gran personaggio.

Ogni domenica la mamma veniva a vedermi con mia sorella; sedevo accanto a loro e facevamo lunghe conversazioni. La mamma s'informava de' miei studi; la Margherita mi domandava se avevo scritto dei versi, e voleva vederli. Ma io passavo di volo sugli studi e sulla poesia. Le mie facoltà intellettuali mi portavano alla letteratura, ma i miei gusti bellicosi mi facevano disprezzare quella gloria incruenta.

Parlando con quelli della mia famiglia, gli argomenti più graditi per me erano la mia forza muscolare, la mia agilità nella ginnastica, la mia precisione nel tiro al bersaglio, la mia abilità nella scherma.

La mamma era contrariata ed un po' sgomenta; la Margherita sbadigliava e guardava i vestiti delle sorelle e delle mamme degli altri allievi.

Ma io mi ascoltavo, mi esaltavo colle mie stesse parole, mi spronavo, m'infiammavo.

Non c'era pericolo che non fossi pronto a sfidare, e che non mi sembrasse una bazzecola.

Si narrava d'un incendio in cui qualcuno era perito?

- Se ci fossi stato io! Avrei traversate le fiamme; no il fumo non mi avrebbe soffocato. Io so stare sott'acqua venti secondi; sarei stato altrettanto nel fumo. E se si fosse rotta la trave sotto i miei piedi, avrei spiccato un salto, mi sarei aggrappato ad un cornicione, ad un chiodo, alla sporgenza più tenue; ma nessuno sarebbe perito se ci fossi stato io.

Un monte di spavalderie; il mio coraggio immaginario non indietreggiava davanti a nulla. Nessuno aveva mai compiuto le prodezze che io mi sentivo capace di compiere.

- Dà retta, Riccardo. Non essere tanto vanitoso, - mi diceva la mamma. - Bada che altro è parlar di morte altro è morire.

E mia sorella rideva, e mi ripeteva il nomignolo che m'avevano affibbiato i compagni di collegio: Riccardo Cuor-di-leone.

Ma io non me ne offendevo:

- Che ne sapete voi altre donne?

Nutrivo un profondo disprezzo pel sesso debole. Ma un bel giorno il sesso debole si vendicò crudelmente: m'innamorai.

Ecco come andò la cosa: ci mettevamo sempre in parlatorio sul piccolo divano a destra dell'uscio. Una domenica vennero a sedere accanto a noi il babbo d'un mio compagno colla figliola, una giovinetta bionda, bellezza in erba, dicevo io; sebbene la Margherita, colla impertinenza de' suoi quindici anni, protestasse che l'erba aveva avuto tempo di metter le spighe, perchè aveva ventidue anni. Ma questa doveva essere una maldicenza atroce.

Per solito non mi curavo punto di essere o di parere elegante vestendomi; quanto comandava rigorosamente la disciplina, e nulla più.

Ma quella domenica memorabile, traversando il parlatorio dopo la visita, mi alzai un pochino sulla punta dei piedi per vedermi quanto meglio era possibile nello specchio appeso al muro, che riflettè la mia faccia scolorita attraverso la mussolina bianca che lo salvava dalle mosche.

E la domenica seguente, quando scesi in sala, avevo pettinato con grandissima cura i miei capelli ispidi, ed avevo versata mezza boccetta d'acqua di Felsina nella catinella prima di lavarmi. Olezzavo come un barbiere. Avevo le unghie un po' lunghette; le avevo lasciate crescere tutta la settimana e quella mattina le avevo arrotondate e limate amorosamente; e durante la visita avevo sempre tenute le mani distese sulle ginocchia ammirandone l'eleganza insolita.

Questo fu il primo indizio. Il secondo fu una preferenza tutta nuova per le imprese galanti; eroiche sempre ma galanti.

Intanto continuavo a vedere la Fulvia ogni domenica. Quando la vedevo entrare in parlatorio, alta un buon palmo più di me, coi capelli ondulati e biondi come i capelli d'una madonna, intorno ad un viso arguto come quello di certe attrici francesi, colla bocca un po' grande che sorrideva sempre mostrando dei denti un po' grossi ma bianchissimi, tutti i miei nervi trasalivano.

Doveva passare davanti a noi per andare al suo solito posto, ed io mi rizzavo stecchito come se dovessi cominciare l'esercizio, e facevo il saluto militare.

E lei era d'una gentilezza! Mi fissava in volto quei suoi grandi occhioni grigi in cui brillava un raggio di malizia, e sorrideva.

La udivo parlare con suo fratello. Che note vibravano nella sua voce! Era la melodia più soave che avessi ascoltata mai. C'erano dunque uomini a questo mondo che si sentivano dire ti amo, da una voce come quella? Mi pareva che tutto il sangue mi affluisse sul volto, ed abbassavo il capo per nascondere quella debolezza. Ma la Margherita mi gridava con fraterna sincerità:

- Che orrore! Come sei diventato rosso! Sembri una barbabietola.

Alle volte pensavo con isgomento a' suoi ventidue anni ed a' miei poveri tre lustri, e mi pareva di essere il Furio del De Amicis. Ma io non avevo quegli abiti così curiosamente corti e stretti. La mia uniforme mi stava bene.

Furio era matto ad innamorarsi d'una donna di trent'anni, che avrebbe potuto essere sua madre, ed era sua cognata, ed aveva marito. - Questa era giovane; senza dubbio la Margherita esagerava la sua età; non poteva avere più di dicianove anni, ed io era forte e robusto, dimostravo due anni almeno più di quelli che avevo. Chiunque me ne avrebbe dati diciasette; la differenza si riduceva dunque a due anni; a nulla.

Avrei dato l'anima mia per poterle dire quanto l'amavo; ma non le ero stato presentato, non ci conoscevamo. Dovevo contentarmi di guardarla, di divorarla cogli occhi. Tutta la settimana rivedevo la sua manina; mi pareva di spogliarla del guanto che le dava una rigidezza e una levigatura gelida; di sentirla tepida, e liscia; di baciarla; di coprirmene il volto, per susurrarci dentro la mia confessione appassionata, per nasconderci le mie lagrime. Sospiravo un'occasione per poterle parlare, per fare qualche cosa per lei.

Mi figuravo di scontrarla durante la vacanze in una gita a cavallo, e che il suo puledro bisbetico si impennasse minacciosamente sopra una strada ripida all'orlo d'un precipizio; ed io la vedessi sul punto d'essere rovesciata, e sfracellata giù sui sassi del burrone; e mi avventassi per salvarla; e fossi atterrato dal cavallo, pesto, ucciso; ma ancora morendo, tenessi fermo il puledro pel morso finchè lei fosse salva, e spirassi sentendomi mormorare sulle labbra un «grazie» nella dolcezza d'un bacio.

C'era una ballata di Schiller che mi appassionava; la bella ballata intitolata Il guanto.

Descrive un circo. Un leone, una tigre e due pardi, ruggono affamati nell'arena. Ad un tratto la bella Cunegonda lascia cadere dalla loggia un guanto, e dice al cavalier Dalorgia:

- Se è vero che mi amate, andate a raccoglierlo.

Ed il cavaliere scende ardimentoso tra le fiere inferocite, prende il guanto, risale fra il plauso e lo stupore della folla. Ma fattosi incontro alla nobile donzella che gli sorrideva, orgogliosa di quella impresa compiuta per amor suo, invece d'inginocchiarsi a' suoi piedi implorando il premio del suo coraggio, le getta sdegnosamente in faccia il piccolo guanto ricamato, e le dice:

- Io non voglio nulla da voi. - E l'abbandona per sempre.

Avevo tradotta quella ballata, e l'avevo studiata a memoria in tedesco. I miei compagni ammiravano la mia traduzione, ed indovinavano a chi la dedicavo. Io del resto non ero molto circospetto. Sentivo il bisogno di manifestare la mia indignazione contro il cavalier Dalorgia, e di dichiarare che nel caso suo avrei operato meglio di lui.

Invocavo tutte le belve del giardino zoologico. Avrei voluto vederne gremita l'arena di Milano, udirne i ruggiti minacciosi. E se una fanciulla che amavo ci avesse gettato il suo guanto, sarei corso in mezzo ad esse, e chinando il capo tra le fauci del leone, sotto l'occhio iniettato di sangue della iena, avrei raccolto l'oggetto prezioso. Non mi sarebbe neppure dispiaciuto una buona morsicatura, purchè in un punto che non mi sfigurasse, per poterle mostrare che versavo il mio sangue per lei. Mi pareva di sentirmi sul collo l'alito ardente delle fiere, di udirne l'ansimare affannoso e rauco. Io non l'avrei disprezzata per quella sfida la bella fanciulla. Me ne avesse procurate delle imprese per dimostrarle la mia audacia! Non era per nulla che mi chiamavano Riccardo Cuor-di-leone.

Ma intanto le settimane passavano; io continuavo a vedere la Fulvia in parlatorio ad ogni visita, ad arrossire, a tremare, a sudar freddo, ed anche caldo, perchè ormai s'era nel maggio; - e non era mai capitata la menoma occasione di fare prova del mio coraggio esponendo la vita per lei.

La seconda domenica del mese, il signor Malinverni giunse solo in parlatorio per vedere suo figlio. La Fulvia non era con lui.

Tutto il tempo della visita fui inquieto e distratto. Non udivo che cosa mi dicesse la mamma; mi voltavo ogni volta che s'apriva l'uscio; ero sulle spine. Che fosse già andata in campagna? E non avessi a vederla per tutto l'anno;.... e forse mai più! Suo fratello era maggiore di me; l'anno seguente doveva entrare all'Accademia.

Quella settimana passò lunga e triste. Alla ricreazione m'accostavo al Malinverni per domandargli di sua sorella. Ma poi il nome non voleva uscire dalle labbra. Mi si metteva in gola come il torsolo del pomo d'Adamo e non c'era verso di tirarlo fuori. Mi strozzava. Con tanto ardimento che avevo nel cuore non osavo parlare. Ci volevano fatti per me, non parole. Oh, un'occasione! Chi mi faceva nascere un'occasione per far vedere che non ero timido, che non esitavo, che nelle circostanze ero forte ed audace come il mio amore!

La domenica seguente la Fulvia mancò ancora. Non esitai più. La sera stessa nel cortile, mi accostai al Malinverni e gli dissi risolutamente:

- Senti...

- Che cosa? - mi domandò.

- Senti.... volevo dirti....

- Che cosa, via! Sbrigati!

- Che fra due settimane ci sarà la distribuzione delle cifre reali.

Mi asciugai la fronte bagnata di sudore. Sempre il torsolo del pomo d'Adamo. M'era rimasto in gola.

Ed intanto la sua lontananza, la paura di non rivederla più, m'infiammavano sempre maggiormente. Tremavo di me stesso, della mia passione calda e pazza. Chi poteva dire a che eccessi di audacia mi avrebbe portato? Mi sentivo il coraggio di rapirla; temevo di non sapermi frenare, di slanciarmele incontro cieco, fremente d'amore, e di stringerla al cuore alla presenza di tutti.

La distribuzione delle cifre reali fu fissata per l'ultima domenica di maggio. Tutti i parenti furonvi invitati; doveva essere una festa solenne.

Oh se la Fulvia fosse venuta! Io non avrei avuto ai fianchi come le altre domeniche la mamma e la Margherita; e dal mio posto in mezzo ai compagni avrei potuto contemplare la mia bella fanciulla, mentre lei mi avrebbe guardato co' suoi grandi occhi chiari. Mi guardava sempre, e mi sorrideva. Oh mio Dio, mio Dio! che cosa sarebbe accaduto? Mi sentivo delle audacie, delle audacie!...

E quel giorno venne senza ch'io l'avessi più riveduta al parlatorio. Quando scesi nel cortile per la cerimonia, ero in uno stato d'esaltazione da non si dire. Se non veniva, era finita; non l'avrei forse veduta più. Era necessario che quel giorno la Fulvia venisse, e che quel giorno sapesse che l'amavo. Avevo passata la mattina a scriverle in ottava rima, le angoscie e le smanie del mio cuore innamorato. Bisognava che ad ogni modo le dessi quel biglietto, anche a costo di far nascere uno scandolo. Che m'importava di suo padre, de' miei parenti, di tutto il mondo? Io lo sfidavo il mondo nella foga del mio amore.

Eravamo tutti schierati. Il generale con un seguito di ufficiali superiori ci passava in rivista. Gli invitati venivano a gruppi; le signore cogli ombrellini aperti, cogli abiti lunghi lunghi, che i signori pestavano un pochino per poi salutarle fino a terra nel dire pardon. Pigliavano i posti con un gran bisbiglio, poi li mutavano per star più comode, e movevano le sedie, e le facevano cadere, e salutavano le nuove venute da lontano, poi volevano avvicinarle, si scambiavano dei segni, s'alzavano in piedi un'altra volta, e ricominciavano ad andare e venire, e conversare.

In quella confusione, per quanto guardassi, non potevo vedere se c'era la Fulvia. Avevo anche il sole che proprio mi dava negli occhi.

Ad un tratto risonò un rullo di tamburo prolungato, s'intonò la musica. Cominciava la distribuzione delle cifre reali. Dovevo essere uno dei primi chiamati.

Quando udii il mio nome uscii fuori. La cifra da darsi a me era stata portata alla mamma. Mi feci innanzi, umile in tanta gloria... Dio degli innamorati! Accanto alla mamma c'era il signor Malinverni, ed accanto a lui la Fulvia, come in parlatorio. Un momento fui sul punto di correre a lei, di gettarmi a' suoi piedi. Ma la mamma era là colle mani stese per darmi la cifra; tutti gli occhi erano su di me; dovetti frenare il mio ardore, e stare ad ascoltare quanto mi diceva la mamma, ed accogliere i complimenti di una quantità di cugini che aveva condotti con sè.

Ma in realtà non ascoltavo nulla. Guardavo la Fulvia, più bella che mai, con un vestito bianco leggero; mettevo tutta l'anima negli occhi, e fissavo i suoi, che mi fissavano anch'essi, e mi sorridevano...

Se il cavallo del generale, in un accesso di pazzia, avesse preso la fuga precipitandosi contro di lei! Mi sarei gettato innanzi a farle scudo del mio corpo, l'avrei sollevata fra le mie braccia, con tutta l'audacia del mio amore e de' miei quindici anni!

«Oh!» - non era il cavallo. Era la Fulvia che facendo per vezzo il mulinello col fazzoletto di trina, mentre mi guardava sorridendo, se l'era lasciato sfuggire di mano.

Era venuto a cadere a due passi da me, e lei continuava a sorridere come per invitarmi a raccoglierlo. Dio, che momento!...

Il cuore si pose a sussultarmi con tanta violenza nel petto, come se volesse uscirmi dalla bocca. Volli spingermi innanzi, precipitarmi. Ma il movimento non mi riusciva. Era come il torsolo del pomo d'Adamo che restava in gola. Rimanevo là inchiodato, guardando con ansia quel piccolo disco di trina.

Oh! se ci fosse stato soltanto un leone, un piccolo leoncino... Ma in quel circo di belle signore che mi guardavano bisbigliando fra loro, che nascondevano dietro il ventaglio il sorriso ironico delle loro labbra, ed intanto ridevano colla fronte, cogli occhi, con tutta la persona... oh! meglio tutti i ruggiti della fossa di Daniele che quel chiacchierìo sommesso e pungente, come il sibilo d'un branco di serpi.

Ed intanto la Fulvia continuava ad invitarmi collo sguardo, e dietro a me i miei compagni urtandosi col gomito susurravano troppo forte:

- Riccardo Cuor-di-leone.

Presi una risoluzione eroica; mi spiccai dal mio posto; mi feci innanzi arditamente contro il fazzoletto... ma nel momento di curvarmi a raccoglierlo sotto il fuoco di tanti sguardi, il cuore mi mancò; - gli diedi una lunga occhiata, un sospiro, - poi mi scansai per non calpestarlo, e tornai al mio posto fra i compagni, che mi accolsero con una salva di fischiate.

STORIA D'UNA VIOLA.

Erano parecchi mesi che stavo sul lago di Como, passando il giorno a ciel sereno fra i semplici piaceri della villeggiatura, e la sera ad ascoltare della buona musica. E quelle armonie belle dell'arte, unite alle armonie della natura, avevano per me tale incanto, che non pensavo più a scrivere; o, se ci pensavo un momento, mi ravvedevo subito, perchè m'accorgevo che le mie parole messe in fila sopra la carta, erano una povera cosa al confronto di quella meraviglia di lago e di monti; e le mie rime appaiate avevano un misero suono al confronto di quelle musiche melodiose.

Ma se queste erano buone ragioni per me di stare in ozio, non persuadevano punto il direttore d'un giornale per cui lavoravo, il quale quando pagava voleva essere servito, - ed anche quando non pagava.

Una bella sera, tra il duetto del Don Carlos e la romanza del Ruy Blas, mi giunse, come una tegola sul capo, una letterona gialla, coi doppi bolli dell'ufficio di posta e dell'ufficio del giornale.

Per me, che non avevo una parola di scritto, fu un fulmine a ciel sereno. Rimasi là alla sponda del lago, tenendo tra le mani l'epistola senza aver il coraggio di leggerla, e pensando con raccapriccio tutte le parole amare che c'erano dentro, mentre dietro a me, nel salotto, risuonavano le note soavi della Dolce voluttà del Marchetti.

Ad un tratto, udendo echeggiare gli applausi, mi lasciai vincere dall'entusiasmo, alzai le mani per applaudire anch'io, e la lettera gialla cadde nel lago.

Che cosa mi diceva? Non lo seppi mai. - Era andata a seppellirsi nelle onde coi suggelli intatti, portando il suo segreto nella tomba, come si dice nei romanzi a tinte scure. Se era in versi l'avranno letta le ondine, se era in prosa gli agoni del lago, che piacciono tanto ai buongustai di Milano.

Questo incidente senza sèguito non produsse nessuna modificazione nell'impiego del mio tempo; sicchè, quando tornai in città, riportai tutta la mia carta candida come il velo d'una sposa, e le mie penne asciutte come la borsa d'uno studente. Colla vita cittadina avevo ritrovato però il proposito del lavoro, e mi affrettai a scrivere al direttore dalle lettere gialle, promettendogli di fare subito qualche cosuccia per lui.

Ma promettere è facile, e mantenere è difficile. Dopo un lungo ozio avevo il cervello ossidato; e non sapevo come cavarmela, quando per buona sorte, mi giunse un'altra lettera del Direttore del giornale, il quale, per ringraziarmi della mia promessa, mi mandava una viola del pensiero.

- Se mi riescisse di far parlare questo fiore! - pensai, - di cavarne un apologo alla vecchia maniera, di quelli che sotto una forma più o meno dilettevole insegnano qualche cosa ai bimbi! Se ne sono fatti già tanti e tanti.... Ma che cosa non s'è fatto a questo mondo? Anzi gli altri sono un precedente per far accettare il mio.

E dopo questa breve discussione tra me e me, domandai alla viola:

- Avresti una storia tu?

- Chi non ha una storia? - mi rispose.

- È di quelle che insegnano qualche cosa ai bimbi?

- No; non è pei bimbi; insegna alle giovinette a non essere incostanti, a non lasciarsi abbagliare dalle qualità apparenti, a tener conto delle virtù serie e degli affetti provati, quando debbono fare una scelta...

- È quello che mi occorre. Me la vorresti narrare?

- Perchè no? Mi resta ancora succo vitale per alcune ore, le impiegherò a fare la mia confessione generale.

Ed ecco quanto mi disse la viola del pensiero:

La prima sensazione che provai destandomi alla vita fu un malessere inesprimibile. Un'afa pesante mi avvolgeva. Mi sentivo oppressa. Non c'era un soffio d'aria che mi desse forza di spiegare le foglie.

Mi riescì appena con grande fatica e con grande lentezza di socchiudere in punta i miei petali.

Il mio occhio giallo, dal centro del mio bruno volto, potè ricevere un po' di luce, e prendere cognizione degli oggetti situati in linea retta dinanzi a quella specie di cannocchiale che i petali attorcigliati gli facevano intorno.

Per qualche tempo non potei discernere altro che una luce fosca intercettata da una specie di nebbia; ma a poco a poco, esercitando meglio la vista, mi accorsi che quella che mitigava la luce intorno a me non era punto nebbia; era una parete, che dalla curva che avevo dinanzi, e di cui non vedevo il termine, argomentai essere di forma circolare. Essa non era nè abbastanza trasparente da lasciarmi distinguere gli oggetti esterni, nè abbastanza opaca da privarmi di luce.

Hoffmann, quel bizzarro ingegno che conosce tutte le lingue delle cose che non parlano, ha detto a voi altri uomini che noi fiori non moriamo se non per rinascere poi a nuove vite, nelle quali, come Cagliostro, come il conte di San Germano, serbiamo memoria di tutte le esistenze anteriori.

Io avevo terminato la mia vita precedente frammezzo a due croci nell'occhiello dell'abito d'un uomo di Stato. E là, durante la mia lenta agonia, avevo inteso parlare delle cittadelle di Alessandria, di Fenestrelle, dello Spielberg e dei Piombi.

Ora, al vedermi quella parete intorno, pensai con raccapriccio a quelle prigioni; e feci come i discepoli di Cristo alla vista del paralitico; mi domandai per qual colpa de' miei padri ero stata condannata a quella pena.

A questo punto interruppi la viola per dirle:

- Scusa, mio bel fiorellino. Questa erudizione evangelica l'hai acquistata anch'essa fra le croci dell'uomo di Stato?

- Che! - mi rispose: - Quelle sono croci che non cominciano dalla passione e non vanno al Calvario.... Ma dove ero rimasta? Ho perduto il filo.

- Eri al principio della tua ultima esistenza, con quella specie di muraglia della China intorno...

- Ah! sì... Ora mi rammento. - E continuò:

Non saprei dire precisamente quanto tempo languissi nella penombra di quella prigione. Quando mi sentii mancare, mi posi a gridare invocando soccorso, e narrando le sofferenze che mi procurava quella specie di macchina pneumatica. Allora una voce gentile mi gridò:

- Abbi pazienza, Viola. Io ti vedo e ti sento e penso a liberarti.

- Grazie, - esclamai. - Ma sollecita, ti prego. Ho esaurito il poco carbonio che c'era qui dentro. Ora l'azoto e l'ossigeno mi asfissiano.

- Non posso affrettarmi quanto vorrei, - mi rispose la stessa voce. - Sono legato anch'io, e prima di muovermi debbo svincolarmi.

- Dimmi almeno il nome di questa carcere che mi rinchiude.

- Si chiama bicchiere.

- Bic....?

- chiere.

- Ma che! Bicchiere è un vaso di cui gli uomini si servono per bere.

- Appunto, Viola. Ti hanno capovolto addosso uno di quei vasi.

- Ma scusa. I bicchieri sono trasparenti; me l'hanno detto le foglie di rosa che erano avvezze a nuotarci dentro sul vino di Falerno; e questo mio carcere non è punto diafano, lo vedi.

- È perchè ha fatto freddo nella notte; la brina vi si è appiccicata per di fuori ed ha appannato il vetro.

- Non ci mancava altro. - Così mi si impedisce anche di vederti. Vorresti dirmi in compenso il tuo nome?

- Tulipano bruno.

- Ah! sei un nobile fiore. Fui una volta in Olanda con un ladro francese fuggito dalla Bastiglia, ed ho udito narrare la storia de' tuoi avi.

- Non sei difficile ad accontentare nella scelta de' tuoi compagni di viaggio, Viola.

Timidissima, come sono, fui mortificata da quel rimprovero, e non osai rispondere.

Intanto il tempo passava ed il Tulipano bruno non parlava più.

La mia situazione diveniva intollerabile; i miei petali ammolliti dall'aria pesante, mi si erano ripiegati sull'occhio; ero ricaduta nell'oscurità; il mio stelo si indeboliva sempre. Floscia, ricurva, sfiorando già col capo la terra aspettavo ad ogni minuto la morte; quando ad un tratto udii uno scricchiolìo, poi il rumore di qualche cosa che si spezza.

Al tempo stesso un corpo non molto pesante, ma spinto con impeto, diede un urto secco alla parete sinistra del bicchiere, che si rovesciò e cadde fuori dagli orli del vaso; lo udii frangersi rumorosamente ad una certa distanza al disotto di me; e, troppo debole per sopportare il contatto immediato dell'aria, caddi, appassita per terra.

Mi ridestai al tepore d'un bel raggio di sole. Mi rizzai rinvigorita; aspirai l'aria pura che mi avvolgeva, stesi i petali foschi, ed apparvi in tutto il vigore della bellezza della gioventù.

Nella gioia di quel momento, non pensai che a godere della luce e della vita ricuperate. Mi trovavo sul davanzale d'un'ampia finestra, e guardavo intorno esaminando avidamente i luoghi e le cose.

Ma un olezzo noto mi susurrò:

- Quando n'avrai abbastanza di guardare in giro ti ricorderai pure di me? -

Era il Tulipano bruno. Quattro pezzi di legno stavano sul terreno intorno al mio liberatore. Uno di essi aveva il piede sul vaso del Tulipano, ed era steso in tutta la sua lunghezza traverso il mio.

Un lungo filo rosso e bianco attorcigliato giaceva fra i legni sulla terra mossa da quella rovina. Il Tulipano, libero da quei vincoli che lo tenevano ritto, aveva incurvato il suo lungo stelo, e colla bella testa toccava quasi la mia.

- Quanto ti debbo! - gli dissi: - ti sei privato per me di tutti i tuoi sostegni.

- Dacchè lo riconosci, - mi rispose, - ne sono largamente ricompensato.

- Come non riconoscerlo? - dissi eludendo il complimento. Fu certo questo legno steso dietro a me, che ha rovesciato il bicchiere maledetto.

- Oh mille volte maledetto; perchè era una barriera che ti divideva da me.

Mi sentii imbarazzata. Stetti alquanto in silenzio. Ma i pistilli bianchi del Tulipano mi volgevano sguardi d'amore. Per togliermi a quel fascino cercai di proseguire il discorso; e tornai a dire:

- Sei stato ben generoso a rinunciare per me alla tua nobile posizione verticale.

- Di' che fui egoista piuttosto. Eravamo tanto lontani allora....

- Ed ora, - l'interruppi, - tutto il peso del capo ti gravita sullo stelo, e t'incurva tanto che nessuno ti vede più; non sembri più alto di me; guarda come sono vicine le nostre teste.

- Te ne lagni, Viola? - olezzò lieve lieve.

Lagnarmene! Io! Il suo profumo m'inebbriava; il suo sguardo attraeva il mio; un senso ignoto di dolcezza m'inondava il calice. Avrei voluto possedere la bellezza della camelia, il profumo della vaniglia; mi sentivo umile, bruna, piccira; ed una stilla trasparente bagnò il velluto delle mie foglie. Gli uomini la credettero rugiada, ma il Tulipano vide che era una lagrima. In quel punto passò un soffio di vento. Egli vi si piegò sotto, si lasciò spingere, ed il fulvo de' suoi lunghi petali sfiorò il fulvo de' miei, mentre tornava ad olezzare dolcemente.

- Te ne lagni, Viola?

Ma nel mondo degli uomini, dove l'amore fa tanto chiasso ed è tanto eloquente, il nostro amoruccio di fiori, semplice ed impacciato, deve sembrare ridicolo. Lascia dunque ch'io tenga per me le memorie di quelle espansioni soavi. Ti dirò solo che da quel giorno ed in quel bacio ci giurammo di amarci sempre; e lo zeffiro che ci aveva congiunti, portò a Flora il giuramento, con cui la Viola ed il Tulipano si erano fidanzati.

Quella felicità era troppo grande perchè potesse durare. Sopravvenne la fatalità che regnava su di noi sotto la forma d'una bella signora; vide i disastri accaduti, e, per buona sorte, ne incolpò di vento.

Ma tornò a rizzare sullo stelo il mio amico generoso, gli ripose intorno più saldi i bastoncini caduti, e lo rilegò più stretto di prima.

Un momento tremai di veder ricomparire anche il bicchiere; ma grazie al mio aspetto florido, quel supplizio mi fu risparmiato; e potevo vedere ancora, sebbene da lontano, il bel Tulipano il cui bacio mi aveva inebbriata.

È vero che, ritto così sulla sua alta persona, con quella barricata intorno, egli appariva fiero e superbo; e nel segreto del mio calice mi sentivo isolata, e rimpiangevo quella dolce espansione a cui l'avevano condotto un momento la generosità e l'amore.

Tuttavia i suoi pistilli mi guardavano sempre, il suo effluvio era sempre egualmente amorevole; ed io pensavo che gli dovevo la libertà e la vita; pensavo che era generoso e buono, ed ero felice del suo amore.

Così passarono tre ore senza che nulla turbasse la nostra pace; e la prova di quella lunga costanza, e le memorie di quel tempo trascorso insieme, riassodavano il nostro affetto.

In quella calma serena, senza agitazioni, senza tempeste, la vita mi era facile. Ma a poco a poco la noia cominciò ad insinuarsi nello spazio vuoto tra il Tulipano e me.

Per fortuna - allora dissi per fortuna, - una bestiolina verde, un bruco, venne a strisciare sugli orli del mio vaso. Sebbene fosse bruttina, la vista di quella bestiola mi divertì. Mi piaceva la flessibilità delle sue movenze, la facilità con cui si raccoglieva in un gruppo o si stendeva, modificando il portamento a seconda delle esigenze del cammino. Ella mi disse:

- Bella Viola, è un pezzo che vado strisciandoti intorno. Ammiro il tuo volto timido e pensoso. Lascia che mi avvicini a te; coprimi della tua ombra. Ti vorrò bene come una sorella. So che hai innamorato il Tulipano bruno; ma le barriere che ha intorno lo tengono lontano da te. Dammi ospitalità fra le tue foglie, e tu m'insegnerai parole d'amore; ed io andrò da te a lui e gliele recherò. Tu penserai per me, io striscierò per te. -

Lusingata dall'idea d'avere accanto un'amica, protesi fiduciosa le mie povere foglioline e vi raccolsi la bestiuccia strisciante. Ella tornò a dirmi:

- Quanto è bello il Tulipano bruno! Soffre di esserti lontano. Lo sguardo de' suoi pistilli è pieno di tristezza; affidami parole di conforto che io gliele rechi sommesse, e sarà felice.

Ed io gli risposi:

- Non potresti dirgli nessuna cosa che non ci siamo già detta. Non intrometterti fra noi. Il tempo logorerà il filo che lo lega, ed allora saremo ancora uniti.

La bestiolina verde, irritata da quel rifiuto, si diede a suggere l'umore vitale alla mia radice. Mi sentivo indebolire, ma non sapevo il perchè; e tra il sole che mi ardeva, tra l'avidità della mia falsa amica, mi andavo lentamente struggendo. La bella signora che aveva riposto in ceppi il Tulipano, vedendomi in quello stato disse:

- Questa Viola va portata all'ombra. - E mi sollevò col mio vaso.

Allora la bestiolina verde strisciò rapidamente sull'orlo del vaso, e si lasciò cadere sulla finestra, poi si rimise a strisciare sul vaso del Tulipano bruno. Addolorato della mia partenza, coi pistilli rivolti verso di me, egli non si avvide della bestia. Ma io la vedevo avanzarsi lentamente fin presso lo stelo del mio nobile fiore, e mentre mi allontanavo colla signora, pensavo con ingannevole fiducia: «Quella bestiolina verde gli parlerà di me.»

La bella signora mi fece attraversare parecchie sale e gabinetti, e finalmente giunta ad un salotino giallo, aperse la finestra e mi pose accanto ad un magnifico Garofano rosso, in tutto il vigore d'una vegetazione ridondante.

Oh lo splendido fiore! I bei petali vivaci! Le belle foglie tese e verdeggianti! Il suo olezzo profumava l'aria tutt'intorno, e mi pareva che la presenza di quel fiore bello e forte, dovesse allietarmi la vita.

Nel nostro linguaggio di profumi, egli diceva cose sorprendenti; ne diceva molte e mi faceva passare di meraviglia in meraviglia. Pensai al linguaggio degli altri fiori, e mi parve triviale, e tornai ad ascoltare il Garofano.

Pensai al Tulipano bruno; ed anche il Tulipano non mi parve più bello.

- Che cosa gli dirà la bestiolina? - dicevo nel mio cuore. - Ed in fondo al calice una voce gelosa mi rispondeva:

- La bestiolina strisciante non gli parlerà per te ma per sè stessa. Si farà amare e tu sarai dimenticata. -

E tornavo a guardare il Garofano, poi rispondevo:

- Oh, che m'importa? . . . . . .

Qui l'olezzo della povera Viola usciva lento ed a sbalzi, come se si vergognasse di quanto diceva. E non aveva torto. Io le dissi:

- Come! Amavi già anche il Garofano, Viola? Scusa, ma non posso farti complimenti sulla tua costanza.

- Te ne ho forse domandati? - ribattè con arroganza scotendo le foglioline, per dissipare l'abbattimento che le avevano cagionato quelle memorie. - Io ti racconto la mia storia al momento di finire questa vita. È un esame severo che faccio a me stessa; non cerco nè lodi nè biasimo. Non so se fra gli uomini sia lo stesso, ma nei fiori il sentimento si impone molte volte alla volontà ed alla ragione. Sentivo di dover tutto il mio cuore al Tulipano; ma mi trovavo sola, perduta in luoghi ignoti; e senza volerlo subivo il fascino di quell'altro fiore, più ardito, più appariscente, più forte.

Una volta il Garofano mi disse:

- Tu mi guardi, Viola, ed anch'io ti guardo... Accanto a te sento di star bene; i tuoi petali sono freschi e vellutati, ed il tuo olezzo lieve mi piace. Ma tu, non ami un altro fiore?

Ed io rinnegai il primo amore. Rinnegai l'amico buono e generoso che mi aveva salvata, e rivolsi la faccia al Garofano. - Allora il Garofano mi disse che mi amava, e quella parola, antica come il mondo, mi parve nuova, olezzata da lui. Egli mi avvolse nella sua ombra, ed io dimenticai il mondo dei fiori per lui. Stese verso di me le sue foglie acute con tanto impeto, che ne fui punta. Ma io amai il dolore e pensai:

- Se la bella signora mi ponesse nel suo vaso le nostre radici potrebbero congiungersi.

Egli indovinò il mio pensiero, e ripetè sommesso ed amoroso:

- Se la bella signora ti ponesse nel mio vaso le nostre radici potrebbero congiungersi.

In quella passò il vento, e sibilando mi gridò:

- E il Tulipano bruno! -

Ma io non l'ascoltai, ed il fischio del vento si perdette nello spazio.

Si faceva buio ed era vicina la notte. La bella signora venne alla finestra, sollevò col braccio destro il Garofano, prese me coll'altra mano, e ci portò dentro. Dove andavamo? Io non pensai al dove. Che mi importava dacchè partivo con lui?

Fece pochi passi e mi depose sopra una tavola del suo salotto. All'altro capo della tavola vidi il Tulipano bruno. La bella signora collocò lo splendido Garofano nel posto più evidente, ad un angolo del caminetto presso la lampada, poi andò a chiudere la finestra.

Ad un tratto una farfalla dalle ali azzurre si spiccò dalla parete e si pose a svolazzare intorno al lume accanto al Garofano. Era la bestiolina verde che aveva messo le ali. Allora il Garofano esalò verso di lei il suo profumo più acuto, per invitarla a posarsi sulle sue foglie.

A quella vista il mio povero calice si strinse per l'angoscia, e gridai al fiore brillante:

- Perchè non mi guardi più, Garofano? Non ti ricordi che hai detto d'amarmi! E che se la bella signora mi porrà nel tuo vaso le nostre radici si congiungeranno?

Egli mi rispose ridendo:

- Oh la piccola scimunita, che prende sul serio tutte le parole olezzate al vento! Non vedi ch'io sono grande e bello ed ho più profumo degli altri fiori? Sogni, povera violetta. A me la farfalla, che vive nell'aria, che sorvola alla terra, che domina lo spazio!

- Bada - gli dissi: - quando splendeva il sole, quella farfalla era un bruco, e strisciava sulla terra, strisciava sullo stelo dei fiori, e ne succhiava gli umori, e nella loro morte cercava la vita.

- Che m'importa il passato? Il bruco è scomparso, io amo l'oro e l'azzurro della farfalla.

Io tacqui, chinai la testa pensosa, e tutte le mie foglie stillarono. Ma il Garofano non lo vide. Allora il Tulipano mi disse:

- Viola; piangi perchè il Garofano non t'ama più, o piangi d'averlo amato?

Io scrutai profondamente il mio calice. Pensai al passato; pensai a tutto; guardai ancora una volta il Garofano vanitoso smemorato che folleggiava col bruco alato, e risposi:

- Piango d'averlo amato. -

Il Tulipano riprese:

- Vedi? il mio amore era più calmo, più ragionevole; inebbriava meno; ma era più durevole del suo. La bestiuccia verde strisciò sul mio stelo, salì sino ai miei petali; ma appena passò il vento, io mi agitai con esso e la respinsi, perchè amavo te sola. Il tempo e lo spazio si frapposero tra noi, e t'amai ancora. Mi dimenticasti per il Garofano, e ti amo sempre. Vuoi che ti perdoni? Dimmi che mi ami e ti perdonerò. -

Chinai il capo umiliata e commossa, e raccolta in me stessa, stetti pensando come rispondere a quella voce dolce e tranquilla che mi ripeteva la profferta clemente. Ero delusa del Garofano. Vedevo dov'era la verità, e mi sentivo felice di quel perdono.

Ma sarebbe troppo comoda la vita, se quando l'inganno non ha più seduzione per noi, bastasse tornare ai primi amori, per trovare ancora tutte le gioie dei cuori innocenti.

Mentre meditavo così la mia risposta, un dolore inatteso, acuto, infinito, mi strappò ai sogni della speranza.

Era la bella signora che m'aveva staccata dal ceppo. Ella mi porse ad un giovane in abito nero e guanti grigi, che uscì portandomi via.

Poco dopo egli mi pose in un foglio di carta scritta, la ripiegò, e rimasi qualche tempo nell'oscurità, sbalestrata in ogni senso.

Poi sentii lacerare la carta, spiegarla, e mi trovai qui.

Mi restavano pochi minuti di vita; tu li prolungasti colle tue cure, e muoio ringraziandoti.

- Un momento, Viola! - gridai - non morire ancora. E la morale da mettere in fondo?

- Chiama Tizio e Caio il Garofano ed il Tulipano, chiama la Viola Sempronia, e la morale salta agli occhi di tutti.

- E se a qualcuno non salta agli occhi?

- Vuol dire che è cieco e peggio per lui.

Non ebbe forza di dir altro. Rimase appassita; e così finì la storia della Viola.

UNA PICCOLA VENDETTA.

Nel salotto della contessa Ipsilonne era rimasta una sola visitatrice, quando entrò la signora Icchese tutta accesa in volto.

- Così tardi? - disse la contessa - Non ti aspettavo più.

- Sta zitta; non contavo di venire prima di pranzo, perchè ti ho destinata tutta la sera. Ma sai, al solito; ho dovuto salire per forza.

- Ancora?

- Sempre.

- Ma è una persecuzione! - esclamò la contessa. - Poi, accorgendosi che quel discorso misterioso non era di buon genere dinanzi all'altra visitatrice, ripigliò:

- Con questa signora possiamo parlare apertamente; è una mia intima e vecchia amica, sebbene sia giovane. - E presentò: - La signora Icchese, la signora Zeta.

Le due dame s'inchinarono, e si porsero la mano in atto di simpatia.

La signora Zeta era una donnina attraente, senza essere quel che si suol dire una bella donna. Era magra e piccolina; aveva due grandi occhioni intelligenti, una bocca espressiva, una fisonomia aperta, schietta, buona.

Vestiva con molta eleganza ma senza affettazione; portava il suo lusso colla noncuranza d'una gran dama; non era mai preoccupata di rialzare lo strascico per non sciuparlo, nè di assicurarsi colla mano inquieta se non aveva perduto i ciondoli dell'orologio. Sapeva presentarsi in una sala, rimanervi, ed uscirne, come la signora di Genlis d'elegante memoria.

Non faceva consistere il riserbo nel parlare a monosillabi, nel porgere appena la punta delle dita, nel far la preziosa come una provinciale. - Sapeva che nelle case che frequentava non poteva trovarsi con signore equivoche, e trattava tutte con vera cordialità, e non prendeva altra misura per regolare la sua maggiore o minore espansione, che il grado di simpatia da cui si sentiva animata.

La signora Icchese, con una figura affatto differente, alta, bionda, fresca come un fiore, aveva gli stessi modi schietti e signorili, era altrettanto attraente, e più bella. S'erano scontrate parecchie volte in visita nelle stesse case, avevano scambiato qualche parola, e, senza conoscersi altrimenti che di nome, si erano trovate simpatiche a vicenda.

Così la proposta della contessa Ipsilonne di metter a parte la signora Zeta del mistero di cui s'era parlato, piacque ad entrambe le visitatrici, che accostarono le poltroncine in atto d'intimità.

- Figurati, - disse la contessa, - che questa povera signora Icchese è perseguitata da un cavaliere più innamorato che cortese, il quale ha l'indiscrezione di seguirla in istrada come una crestaia.

- Che mascalzone! Così sono educati i nostri giovinotti! - Esclamò con disprezzo la signora Zeta.

- Le pare? - entrò a dire la signora Icchese. - Io ne sono così mortificata, che appena mi accorgo d'essere seguita, salgo nella prima casa d'amici che trovo, per togliermi da quel ridicolo.

- La prego di considerare anche la mia casa come una casa d'amici, - disse graziosamente la piccola bruna. - In queste circostanze le signore debbono aiutarsi fra loro. La farò accompagnare da mio marito, che è serio, ed educato anche; non come questi giovani che hanno soltanto gli abiti da gentiluomo, ma la cortesia la vanno studiando nelle botteghe delle modiste, o fra le quinte del palco scenico.

- Grazie di cuore. Permetterà ch'io venga a ringraziarla a casa sua, anche senza che mi ci costringa quel signore.

Si scambiarono gl'indirizzi, si domandarono a vicenda in che giorno ricevevano, ed entrarono poi nel cordiale rapporto delle visite, recandosi volta a volta i complimenti dei rispettivi mariti, ed il loro desiderio vivissimo di conoscere le amiche delle rispettive mogli. - Complimenti e desiderii improvvisati dalla gentilezza delle dame, e di cui i mariti non avevano il più lontano sospetto.

Un giorno la signora Zeta stava per andare a colazione, quando udì una scampanellata forte, nervosa, sconveniente; - e quasi subito vide entrare la signora Icchese più accesa, più agitata ancora di quando l'aveva scontrata dalla contessa Ipsilonne.

- Oh, cara. A quest'ora? È ancora quell'indiscreto?

- Appunto. Ho dovuto rifugiarmi qui. Mi scusi, sa.

- Che! La ringrazio della fiducia. Ma è incorreggibile quell'uomo!

- Peggio che mai. Si figuri che ha osato accostarsi per parlarmi.

- Un insulto addirittura..... Malcreato! E dire che vi sarà una povera signorina che sposerà un facchino di quella sorta.

- L'avrà magari già sposato.

- Oh Dio, no! «Prendendo moglie si fa giudizio». Ma anche il sapere che ha trattato così da giovanotto, gli fa torto. Pensi se gli toccasse un giorno o l'altro di imparentarsi con una sua amica, ed essere presentato a lei dinanzi alla moglie. Che figura ci farebbe lui. E che scena!

- La moglie non ne saprebbe nulla.

- Che! certe cose non isfuggono. Ma lei è sempre agitata. Posso offrirle un po' di vermouth?... No? Un caffè? Un tè? Allora una goccia d'acqua di tutto cedro?

E tirarono in campo la rosoliera e centellarono il calmante zuccherino; ed intanto una interrogava, e l'altra narrava come fosse uscita a quell'ora del mattino, - era mezzodì, - per fare qualche spesuccia; e come, appena fuori, avesse scontrato quel tale, che le si era posto dietro; - e come lei, trovandosi lì presso, si fosse affrettata verso casa Zeta, e mentre svoltava nella porta lui si fosse accostato togliendosi il cappello come per rivolgerle la parola, e lei via su per le scale...

Ma omai era più di mezz'ora che era salita; l'importuno aveva avuto tempo d'annoiarsi aspettando e d'andarsene; poteva avventurarsi ancora in istrada. Suo marito l'attendeva a colazione.

- In questo caso la lascio andare; ma non sola; mio marito l'accompagnerà.

E la signora Zeta suonò il campanello e domandò alla cameriera:

- È in casa il signore?

- Sissignora, è entrato or ora. È in sala da pranzo. Debbo chiamarlo?

- No, andiamo noi a raggiungerlo.

- Ecco mio marito - disse la signora Zeta entrando nella sala da pranzo, e presentando un giovane piccoletto, biondino, mingherlino ed azzimato. E rivolgendosi a lui proseguì:

- Ti procuro la fortuna d'accompagnare la signora Icchese fino a casa sua. Bada che è un'impresa cavalleresca. Si tratta di proteggerla contro un mascalzone che ha la villania di seguirla in istrada.

Il marito s'inchinò muto e confuso..... a tanto onore. La signora Icchese si fece rossa d'indignazione.

Quel marito, quel cavaliere cortese, quel paladino che doveva difenderla contro il galante malcreato, era lo stesso galante, lo stesso malcreato.

- E stia di buon animo, che con Giorgio è ben raccomandata. - Disse la signora Zeta salutando l'amica.

Fede di moglie!

Il cavaliere non osava parlare; ma la signora non gli si mostrò sdegnata. Anzi, dopo il primo momento di sorpresa, parve mettersi di buon umore. Appiccò discorso sul tempo e sul ballo nuovo della Scala. Non gli fece più il viso serio delle altre volte. Che! gli sorrideva mostrando certi dentini...

- Sarebbe possibile che il sapermi marito di mia moglie l'avesse persuasa... Mi sembra strano! - Pensava il signor Zeta - Eppure sì. Sorride con civetteria; mi guarda furtiva... Oh le donne! Le amicizie delle signore!

- Eccomi giunta, - disse la bella dama bionda fermandosi ad un portone. - Ma, spero, non mi pianterà qui sulla porta. Favorisca, la prego. Potrei trovare il mio persecutore sulla scala.

- La civettuola! Ha paura di non trovarlo, e vuol assicurarselo, - pensava caritatevolmente il marito esemplare. - Ed io che credevo d'aver ad espugnare una fortezza! Ecco l'onestà delle dame.

E, con onestà da cavaliere, salì gongolando come un conquistatore, dall'amica di sua moglie.

La signora traversò l'anticamera, l'antisala, il salotto, e tirava innanzi. Il cavaliere credette conveniente fermarsi; per la prima visita....

- Favorisca, favorisca; la tratto in confidenza, - disse la signora sorridendo sempre.

Il cavaliere leale si slanciò coll'entusiasmo d'un Don Giovanni; ma rimase come la statua del commendatore.

La bella dama lo introdusse nella camera da pranzo, e là gli presentò una specie di colosso sui cinquant'anni, con una di quelle faccie burbere con cui non si fa celia.

- Mio marito, - disse graziosamente. Poi rivolgendosi al marito, - il signor Zeta, che adora il bezigue e desidera di fare con te la tua lunga, lunga partita tra la colazione ed il pranzo. - È un pezzo che mi perseguita... per riuscire a questo.

Gli uomini masticavano dei grazie, ed ho piacere di fare la sua conoscenza, ed il piacere è tutto mio, e s'accomodi, ecc. E la signora proseguiva:

- Ecco il tavolino, le carte. E mentre il signor Zeta si diverte un paio d'ore con te, io vado a pigliare la sua signora per far delle visite insieme..

- Per carità! - susurrò il signor Zeta accostandosi a lei come per aiutarla ad avanzare il tavolino. - Non parli a mia moglie...

- Ma che si crede? - rispose con disprezzo la bella donna; - se i signori non sono più gentiluomini, le signore sono sempre gentildonne. . . . .

- Che coraggio! - esclamò la graziosa signora Zeta rivedendo l'amica. - Ha osato uscir sola ancora?

- Ah, ora sono sicura di non trovarmi più tra i piedi quel signore. Ha avuta una lezione ammodo.

- Ed è stato mio marito a dargliela? Che bravo Giorgio! Mi racconti.

- No; voglio lasciargli il piacere di raccontargliela lui.

Non si sa che gesta eroiche si sia attribuite il marito per cavarsi d'impaccio. Ma la sua bella donnina fu tutta orgogliosa d'aver uno sposo tanto serio e cavalleresco, e quel fatto rialzò di molto la sua ammirazione e la sua fiducia in lui.

Giorgio l'amava tanto, che la indusse quell'anno ad andare in campagna ai primi di aprile perchè non vedeva l'ora di rinnovare in quella solitudine la sua luna di miele.... e di fuggire il supplizio delle partite a bezigue.